Cinderella

蜜桃梦恋曲

Sweet dream of Cinderella

米朵拉 著

Midora WORKS

中国和平出版社

喜欢你的笑容，好似童话中甜美的畅想。

目录
CONTENTS

1

序幕

浪漫的童话祈愿
Wish for fairy tale

"啊——伟大的童话教父啊，请你倾听我的愿望吧！保佑我也能像你童话里的公主们一样，找到一位又英俊又帅气的王子吧！阿门！"

丹麦，哥本哈根最著名的童话乐园中的童话祈愿板前，站着一个留着卷卷长发、穿着青苹果绿色衣裙的可爱女生。

她的个子不太高，身材娇小玲珑，天然卷曲的长发被梳成了两条可爱的小辫子，卷卷弯弯地披在她娇小的肩头。

微微带着栗色的发梢映出她白白嫩嫩的肌肤，苹果般可爱的小脸俏皮圆润，笑起来非常可爱。

现在她正瞪大了自己那双水灵灵的大眼睛，很真诚地看着祈愿板上方的童话教父——安徒生先生的铜像，那双像是黑色宝石般的眸子里，绽放出无比灿烂的光芒。

"教父先生，你一定要答应我噢！一定要送一位王子给我噢，一定要！"她撅着自己粉红的小嘴，双手合十，双目放光。

"教父先生没有空啦！"

蜜儿身边的女孩子实在听不下去了，伸手就奖给她一个大暴栗："陶蜜儿，你是不是太过分了？我们是来这里观光的耶，你居然跟安先生提这么过分的要求！你以为这个世界上还会有像童话里那么完美的王子吗？你以为童话里的王子和公主真的会永远过着幸福快乐的生活吗？不要再做梦了，不要再看童话了，我看你实在是快要走火入魔了！"

林珊雅不高兴地嘟起嘴巴，训斥着旁边的陶蜜儿。

这也是一个很可爱的小女生，她和蜜儿穿着相同式样的衣裙，留着清爽的直发，短短的刘海儿显得干净而利落。

"珊雅，不要又打我嘛。"

蜜儿揉着被好友敲痛的额头，一脸苦相："人家只是祈求一下啊，人家只是做个梦还不行吗？而且童话有什么不好？你怎么知道童话里的王子和公主不能永远地过着幸福的生活？如果上天能赐给我一位王子的话……"

蜜儿双手合十，贴在自己的右侧脸颊边，歪着她的小脑袋又开始双眼冒起幸福的泡泡来。

王子啊，童话里的王子啊，长得又高又帅，又温柔又体贴，还戴着金色的皇冠，对着她伸出白皙而又修长的手指。

"蜜儿，我喜欢你，你愿意和我一生一世在一起吗？"

哇……不行了不行了，好温柔，好帅气，好迷人，好温暖，简直都快要晕倒了啊！

陶蜜儿笑得乌溜溜的大眼睛都弯成了迷人的月牙，可爱的小嘴更是嘟成了红红的樱桃，幸福的红心泡泡一颗接一颗地从她的大眼睛里冒出来，就快要把整个童话乐园给淹没了。

"喂呀呀！水蜜桃，你不要再给我胡思乱想了！"

珊雅一看到蜜儿的这副表情，就知道她又陷入"王子花痴症"里去了，于是一边大叫着她的外号，一边挥舞着双手，只想把她冒得满天乱飞的红心泡泡给挥散。

蜜儿一下子被好友惊醒，帅气温柔的王子殿下当然也立刻消失得无影无踪。

"啊，珊雅！你干吗叫醒我，我的王子……"蜜儿伸长了双手，只想把她的帅王子再拖回来。

"你不要再在这里花痴了啦！人家都在看我们呢。"

珊雅真是拿这个好友没有办法了，天天泡在那些童话故事里，连今夕是何

7
PAGE

年都不知道了。

现在这个世界上，还会有什么真正的王子吗? 还会像童话里写的一样——"王子和公主永远过着幸福快乐的日子"吗?

那些童话，拿来骗骗七八岁的小女生也就算了，陶蜜儿可已经十七岁了耶，居然还在做着这没有尽头的"白日梦"，实在是让她这个好朋友都觉得丢脸!

"快点，我们走啦!"

珊雅伸手去拖蜜儿，她可不想把花了那么多钱换来的旅行，就浪费在安爷爷的铜像前。

"等一下，让我把祈愿条贴上啦，人家说在这里祈愿很灵的，说不定有一天我真的能遇到一位王……"蜜儿一边喋喋不休地说着，一边伸手把粉红色的祈愿条往祈愿板上贴。

再也忍受不了的珊雅突然用力一把拉住她，害得她手里的纸条一歪，立刻就贴到了别人的祈愿条上。

"喂，别拉我啊，你看都贴歪了啦! 我再来一次……"

"什么再来，快走吧，水蜜桃!"

"啊，好啦好啦，我会走啦，别拉……我的背包……我的帽子……我的裙子……啊!"

2

序幕

★

再见，消逝的记忆
Goodbye, memory

★

童话的王国······童话的世界······

全世界关注的目光都汇聚在那一段像是传说一样的童话上。

原来，依然逃不过注定的结局。

王子和公主永远幸福快乐地生活在一起？不，那真的只是童话。

摩天轮，旋转到最高空。

推开透明的窗，朗格宁海湾的风立刻就吹了进来。

海风吹起他亚麻色的头发，抚弄着他身上洁白的衬衫。

闪烁着浅浅淡蓝光芒的漂亮眼睛，就像是眼前那一望无际的蔚蓝大海，那样澄澈，那样纯净。他轻轻抿嘴，白皙的脸颊上浮起两个淡淡的酒窝，似乎是微笑，但在那纠结的眉间，却又浮动着淡淡的忧伤······

他忍不住眯起眼睛，遥望着远方，遥望着那一片似乎交汇在地平线的天空和大海，那一片似乎永远也望不到尽头的蔚蓝。

我不会忘记的，妈妈。

我不会！

无论走了多久，走了多远，我永远都不会忘记。

蓦地，一阵眩晕的感觉突然袭了过来，他连忙伸手扶住玻璃窗，才没有狼狈地跌倒在这无人的高空。

不知道那会是一种什么样的感觉，或许，从这样的地方跳下去，会在落到地面之前，生出一对纯洁的翅膀吧······

不，也许，他不可能再有那样纯洁的翅膀。

他的双翼，在那个下着雨的冬夜，已经完全地断裂，这一生，这一世，也许他永远都只能是一个折翼的天使。

呵……

他低头浅笑，笑自己竟然还在想什么天使。

从今天开始，他已经不再高高在上；从现在开始，他已经成为了最平凡、最普通的男生。

啊，这种感觉，真好。

微笑浮上他的脸颊，眩晕已经渐渐消失。

他再一次直起身来，透过摩天轮的大窗，遥望着眼前的那一片蔚蓝。

再见了，我的过去。

再见了，我的王国。

再见了，妈妈……

1

章节

蜜桃的不可思议事件
Amazing adventure

❧ Vol. 1 初遇 & 初吻 ❧

"五分钟之内给我回来，听到了没有？！你如果敢晚上一分钟，看我怎么收拾你！"老妈的声音在电话里咆哮，差一点就要把我的耳朵给震聋了。

老妈真的只是医院里的护士长吗？我怎么感觉她像是少林寺里练"狮吼功"出身的？都怪老爸对老妈太好了，才把她宠得无法无天，天天在家里太无聊，只好拿我这个唯一的也是最可怜的女儿"练身手"。

"唉！"

"陶蜜儿，你听到没？你叹什么气？快点回答！"老妈的声音快要把我的电话喇叭给震破了。

"知道了知道了！五分钟之内到家。"我无可奈何地回应。

再不答应一声，老妈估计会从电话里钻出来，狠狠地敲我一顿。

终于挂断老妈的电话，我顿时觉得世界一片清静。老妈不知道今年怎么了，把我看管得越来越严，不仅回家的时间要控制，连睡觉打瞌睡都要问我梦里梦到了谁。我晕，这也实在太夸张了吧，干脆她来替我睡好了。唉！

无可奈何地收起手机，我只能加快脚步往家里赶。现在离我家已经不远了，但是要在五分钟之内到达，就要抄近路穿过一个大型的停车场。为了今天晚上不至于没饭吃兼被罚，我只好紧了紧肩上的书包，快步朝着那个大停车场跑去。

上帝保佑，让我顺利地到家吧！

停车场里一向非常安静，除了那些让我眼馋的名车之外，就只有几位看守停车场的大叔在那里走来走去。所以我很熟练地钻过了停车场的围栏，顺利地在那些漂亮的车子中间穿梭起来。

"站住! 等一下! "

"请等一下! 不要再跑了! "

突然之间, 不知道从哪里传来了几声吓人的呼喝声, 把整个停车场里的安静瞬间打破。

咦, 是什么人在这里叫喊? 难道是保安大叔们在抓小偷? 但是语气听起来好像很尊敬的样子, 难道对小偷也要这样客气吗?

我被吓了一大跳, 很快就躲到了停车场某个角落里的柱子后面, 虽然有些害怕, 但还是很好奇地对着外面探出自己的小脑袋, 想要看看这个平静的停车场里, 到底发生了什么事。

就当我刚刚把自己的脑袋探出去的时候——

呼!

就像是一阵狂风, 一个上身穿着天蓝色外套、下身穿着一条深蓝色牛仔裤的男生, 一下子冲到了我的面前, 在我还没有反应过来的时候, 他突然一把抓住了我的胳膊, 猛地把我往角落里一带!

砰!

我被他拖得在原地打了个转, 两个人几乎要迎面撞在一起! 他却在这一瞬间, 突然对我伸出手, 一下子就把我抱在了怀里!

"啊——"我被这个人的动作吓了一大跳, 尖叫立刻就要脱口而出!

他却猛然伸手捂住了我的嘴巴:"嘘——不要叫! 不要动, 不要说话! "他低低地开口, 声音低沉却又那么好听。

我被他吓坏了, 惊恐万分地瞪着眼前的这个男生!

呀, 居然是一个很帅的帅哥呢! 个子看起来足足有 1 米 8, 穿着天蓝色的外套、白色的衬衫、深蓝色的牛仔裤, 简单帅气的穿着把他衬得又高又瘦又

迷人。头发不长不短，淡淡的亚麻色泛着水波一样的光泽，有些微卷的发梢映衬着他白皙的脸孔，下巴瘦削但却是那样精致，粗粗的浓眉，深陷的眼窝，鼻子又高又挺，嘴唇薄薄的，泛着粉红花瓣一般的颜色！

更让我吃惊的是他的眼睛，他的瞳眸就像是戴了一层薄薄的隐形眼镜，竟然透着一种淡淡的水蓝色，就像是在他的眸子里浮起了一层淡蓝色的薄雾，把他那双晶莹而又澄澈的眼睛衬得那样迷离和动人。

哇！好，好迷人的男生啊！看起来英俊帅气，又带着三分的清秀俊俏。他浓浓的眉毛紧锁着，似乎在那俊秀的眉间，还含着淡淡的忧伤⋯⋯哇，他，他是谁？怎么会长得如此迷人？简直是我见过的所有男生中的 NO.1 啊！

"在哪里？跑到哪里去了？"

"好像是那个方向！"

这时，角落的外面又传来奔跑的脚步声，似乎正朝着我们的方向而来。

怎么回事？这个帅气的男生做了什么坏事？他们为什么要抓他？难道⋯⋯他就是那个小偷吗？

我疑惑地对着他瞪大眼睛，他看起来也有些紧张，朝柱子外面张望了一下之后，转过头来看着眼前的我。

"我不是坏人，你不要叫，好不好？帮我躲过那些人，他们才是坏的！"他有些焦急地对我说着，清秀的脸孔上满是紧张的表情。

我还被他的手捂着嘴巴，只能听话地点点头。

他放开捂住我的手指，顺手摘下我头上的棒球帽，戴在了自己的头上，而且还飞快地脱下自己身上的外套，露出穿在里面的白色衬衫。

好奇怪，虽然只是那样一件普通的白色衬衫，但却在他脱下外套的那一瞬间，突然绽出像是珍珠般晶莹润白的光芒，仿佛一下子就把他衬托成了闪烁着光圈的天使一般。不仅外貌那样清秀迷人，身上更是有一种难以掩盖的

华丽光芒和气质。

啊，华丽？怎么会呢？在这个男生的身上，为什么会有着这么高贵的感觉呢？

"你……"我有些惊异地开口，想要问问他到底发生了什么事情。

但就在这个瞬间，那些匆忙的脚步声突然跑到了我们的身后！

"在那里！在那里吧？！"

"啊，好像……是吧！"

男人们的叫声又拔高起来，似乎已经认出了躲在柱子后面的我们！

"啊，不好了，他们……"我有些惊慌，想要保护他，但却又不知道该如何是好。

可是，就当我慌作一团地想要向外张望的时候，眼前的这个男生突然对着我伸出手来，一下子揽住了我的腰，就在我还什么都没有反应过来的时候——

他的胳膊突然用力，我一下子就被拉进了他的怀中！

粉红色的嘴唇突然之间就对着我的脸孔压了下来，带着一抹像是薄荷草般的淡淡清香，蓦然之间就落在了我从未被人接触过的……唇瓣上！

轰——

一刹那间，我的世界似乎炸开了轰天巨雷，满天都是五彩斑斓的星星，脑子里一片空白！

天……天……天啊！有没有搞错？这个男生……这个看起来清秀帅气，又清香迷人的男生……他……他居然在……在第一次见面的这个瞬间……就……就……吻了我！

啊啊啊！天啊！

这可是我的初吻啊！我保留了十七年，从未向任何人奉献过的初吻！居然就在这样慌张的情况下，就在这样混乱的停车场里，居然就被一个才刚刚见面不到两分钟的男生给夺走了!

啊啊啊! 老天爷啊, 上帝啊, 菩萨啊, 神仙啊, 妖怪啊, 我……我这是倒了什么霉啊!

Vol. 2 蜜桃神拳

我的初吻啊!

实在没有想到, 我听他的话没有尖叫, 而且还想要帮他逃脱, 他居然趁这个机会偷吻我! 有没有天理啊, 做坏人也不是这样做的吧! 干吗欺负我这个"手无寸铁"的小女生啊! 我真想尖叫, 想要让那些人把他抓走, 可是这家伙真的太聪明了, 他居然用胳膊紧紧地卡住了我的双手, 嘴唇还紧紧地堵在我的嘴巴上!

我不仅一句话也发不出来, 而且还不敢张开嘴巴, 只害怕一个不小心, 就被他……

"啪——"连我一直握在掌心里的手机, 也很不给面子地滑落在地板上!

呜呜呜……陶蜜儿, 你真的好倒霉好倒霉啊!

这时, 那些追他的男人们已经站到了我们的身后, 他背靠着角落里的柱子, 而把我面对着那些男人。看到紧紧地抱在一起的我们, 那些男人好像有些犹豫了, 没有马上朝着我们冲过来。

"是他吗? 怎么好像换了衣服?"

"是啊, 刚才也没有戴帽子啊。"

"不要认错了! 不过这些小孩子怎么这么开放, 青天白日的就……"

啊啊啊! 人家在看我们啦! 而且居然还看到我正在和他……完了完了, 这下丢脸丢到太平洋里去了!

"应该不是的。"突然有人说道，"别管这些小孩子了，我们快去别的地方找一找！"

这个人好像是他们的头目，在他的一声招呼之下，那些人竟然都听从地立刻朝着别的地方跑去。呼啦啦的脚步声迅速地消失，终于放过了躲在角落里的我们！

啊！太好了，那些男人居然这么笨，连他戴了我的帽子脱了外套都看不出来，居然还抓人呢，真是大笨蛋！

我在心里长出了一口气。

可是，可是怎么回事？那些人都已经走了，这个家伙，居然，居然还贴在我的嘴唇上，丝毫没有放开的意思？天啊，他……他还想占我便宜啊！

"唔……唔……放开！"我蓦然惊醒，立刻就在他的怀里用力挣扎起来。

但是这个家伙的胳膊箍得那么紧，好像丝毫没有松开的意思！带着淡淡薄荷香气的嘴唇轻触在我的唇上，那样的温暖，那样的轻柔……啊！原来和帅气的男生 Kiss 是这样的感觉啊，就好像走在春天的青草地上，迎着拂面而来的春风，空气里弥漫着淡淡的薄荷草的芬芳……

啊啊不对！陶蜜儿，你居然还在胡思乱想！现在要做的是快点把他推开，而不是在这里陶醉！这个男生……他可是抢了你的初吻啊！

"唔，放开……放开我啊！"

我拼命挣扎，却挣不开他紧紧抱住我的胳膊，我只能下意识地用力抬腿——砰！

"啊啊啊——好痛！"

惨叫的人，立刻就换成了他！

他被迫放开我，抱着自己的右腿惨叫着就开始青蛙跳，一边跳还一边抬起眉毛来对着我大喊："喂，你干什么啊？"

吓？这个男生脸皮还真厚耶，我帮了他，他不仅不感谢我，还占我的便宜，现在居然还大喊大叫地问我"你干什么"？！

"喂，你说我在干什么？我都不认识你耶，你居然，居然……"我生气地朝他吼回去。

可是不知道为什么，我用手指着自己的嘴唇，目光却落在了他的唇上。

那白皙脸孔上的唇瓣泛着淡淡的粉红色，就像是刚刚盛开的樱花一般，看起来那样柔软迷人……真的没有办法想象，刚刚他就是用那张嘴唇在亲吻我？那柔软的、淡淡的粉色……居然贴在我的……我的……

轰！

我的脸颊上顿时就绽开两朵红云，滚烫得差点把我自己给燃烧起来。

"我居然……居然怎样？"他停下自己的青蛙跳，竟然凑到我的身边来，"咦，你怎么脸红了？是不是想到刚刚和我 K……"

"啊！"我尖叫出声，真的很害怕他会把那个单词脱口而出，"我才没有脸红！我只是……我只是……"

"只是怎样？！"他笑眯眯地凑近我，一双泛着淡淡蓝色光芒的眼睛瞪着我，白皙的脸颊边浮出两个淡淡的酒窝。

哇……男生……男生居然也会有酒窝？虽然浅浅的，但是浮现在那样白皙的肌肤上，竟然真的让人有一种好想伸手摸一摸的感觉……

啊，不对不对，陶蜜儿，你今天怎么了？难道又犯花痴病了吗？他只不过是一个刚刚和你认识，又欺负了你的坏蛋男生，你干吗总是盯着他不放啊！

"我……我不想跟你说了！"我觉得自己有些心慌意乱，赶紧低下头，却在低头的刹那间，看到自己的小白手机还躺在他的脚下，而且已经可怜兮兮地摔成了两半！

"啊……我的手机！我的手机！"我尖叫着扑过去，心痛无比地捧起它的

"遗体"。

这可是我去年过生日时，老爸送给我的礼物啊！居然……居然就这样被摔成两半了！

"呀，摔成两半了耶，怎么办呢？"那个男生也看到了我的手机，居然凑到我的身边来，看着我心痛的表情，他竟然还绽出一个迷人的笑容。

晕倒！

笑！笑！他居然还有脸笑！如果不是他突然吻我，我怎么会把手里的手机都给摔在地上？

"你还问我怎么办？都怪你！如果刚才你不是突然……"我一想到那个"吻"字，顿时就哽在那里。

"如果不是我突然吻你？"他却很 Open 地一下子就说出这个字，"没办法啊，刚才那些家伙你也看到了，如果不是我们在 Kiss 的话，他们一定要冲过来查看的，那样我就会被他们捉走啦！所以没有办法，我只好跟你 BoBo 了一下。"

他挑着眉毛开心地对我说着，清秀俊俏的脸上，可爱的小酒窝随着他的笑容不停地浮现。

"这种程度的亲吻在国外是很正常的，我没想到你会有这么大的反应。不过你的嘴唇很甜啊，好像有种水蜜桃一样的芳香，你平时是不是搽蜜桃口味的唇膏啊？"这家伙越说越眉飞色舞，蹲在我的身边，竟然笑得连整齐的牙齿都露了出来。

可是……可是我胸中熊熊燃烧起来的怒火，却快要把我自己都给点燃了！

这个家伙！他究竟知不知道自己在说什么？他突然跑过来，不仅伸手抱了我，而且还在未经我允许的情况下就吻了我！害得我手机都摔成两半了，不仅不赔礼道歉，居然还说什么"这种程度的亲吻在国外是很正常的"，还问我是不是抹了蜜桃口味的唇膏？！这个家伙……他，他到底当我是什么？难道就因为长了一张很帅的脸孔，就可以这样随意欺负别人吗?! 他也太小看我水蜜桃了!

"呀——你这个大色狼! 别以为我水蜜桃那么好欺负! 就让你尝尝我'蜜桃神拳'的滋味!"我真是快要被他气疯了，呼地一下攥起我小小的拳头，朝着他那张漂亮的脸孔就——

砰!

那家伙没有想到我会突然爆发，没有任何防备地被我一拳打个正着!

哐当!

漂亮男生立刻狼狈地仰面倒下!

想要欺负我? 哼，没那么容易!

Vol. 3 ET 帅哥

真是很倒霉啊!

好心想要帮那个长得帅帅的男生，结果反倒被他占了那么大便宜! 我的初吻啊! 就那么白白地送出去了! 还搭上我最心爱的小白手机。呜呜呜……

好在我给了那个家伙一个大大的"蜜桃神拳"之后，就立刻转身逃走，一口气跑到了我家的门前，应该甩掉那个可恶的家伙了吧? 虽然他长得很帅，笑容也非常迷人，淡淡的蓝色眼睛也真的很令我心动，甚至连那泛着淡淡薄荷清香的嘴唇也……

啊啊啊! 水蜜桃啊，水蜜桃，你疯了! 怎么又开始胡思乱想起来? 不是说要忘掉那个"坏蛋"，要永远都不见他了吗? 你现在又在胡思乱想什么!

我用手猛拍自己的脸颊，希望能从他的"魔法"中快点清醒过来。

"喂，那么用力，小心脸颊会肿噢! 肿肿的可就不漂亮了!"

突然，有个"好心人"在我的身后提醒道。

"噢，是噢！"我的脸颊本来就是鼓鼓的苹果脸，真的不能再肿下去了。

可是……这声音怎么如此熟悉？！

我猛然回头——

"啊！"尖叫声立刻从我的嘴巴里脱口而出，竟然就是刚才那个吻我的男生！

"吓？！"他捂着胸口站在我的身后，漂亮的浅蓝色眼睛瞪得很大，"你干吗？吓我一跳！"

晕倒，居然还说我吓他一跳，明明是他吓我一跳好不好？！

"你你你……你怎么会在这里？你你你……你跟踪我？！"我伸出手指，直指着他高高的鼻梁。

"我我我……我怎么不能在这里？我我我……我没有跟踪你，我只是来这边看看风景。我叫千皓辰，你呢？"他对着我眯着眼睛微笑，淡粉色的嘴唇抿成一条直线，浅浅的酒窝浮在他白皙的脸颊上。

晕倒，这个家伙居然还学我说话，难道是刚才的那一拳打得不够彻底？！

"喂，你这个家伙，谁管你叫什么！你怎么又出现在我的面前？难道想让我再给你一拳？！"我生气地对他挥起拳头。

"喂，不要！"他被我吓了一大跳，立刻后退一步还架起他的胳膊，"刚才的疼痛还没消下去呢，你居然又想打我？喂，小桃子，女孩子太凶的话，小心找不到男朋友噢！"

什么？他居然说我太凶的话找不到男朋友？还叫我什么？小桃子？！

"喂，你不要乱给人家起外号，我才不叫什么小桃子！我叫陶蜜儿，朋友们都喜欢叫我水蜜桃……"我心急地脱口而出，说了一半才惊觉自己好像掉进了他的陷阱！

但是显然已经晚了，千皓辰清清楚楚地听到了我的话，还抿着嘴巴对我灿烂地笑了起来。两个浅浅的酒窝深深地印下去，为他本来已经很漂亮的脸孔更增添了一份可爱。

"噢，原来你叫陶蜜儿啊，这名字真可爱。难怪你的嘴唇上会有蜜桃唇膏的香味，原来真的是一颗水蜜桃啊！"

晕倒！晕倒！陶蜜儿你真是大白痴，不，不对，你是宇宙超级无敌的大大大白痴！居然被人家一句话就套出了真正的名字和外号。而且他竟然又在说什么蜜桃唇膏……啊啊啊，天啊，他可不可以不要再提那个吻了？一想起刚刚我和他在停车场里……

我的脸孔上又要飞起红云了！

"喂，你不要再说了！"我有些不高兴地对他瞪起眼睛，"刚刚的事情，就当我倒霉，我已经不想再提起来了。而且，你不要再跟着我，不然，我会叫老爸出来噢！"

"你爸？"他听到我的话，不仅不怎么害怕，反而还朝着我家的大门望了一眼，"啊，原来这里是你家啊。真的太好了！"

呃？太好了？什么太好了？

我一听到他的话，顿时觉得有些不妙，等我反应过来，他却已经朝着我家的大门跨了过去，伸手就按响了我家的门铃！

"喂喂喂，你干什么啊！"我被他吓了一大跳，连忙挡在他的面前。

"去拜见你的父母啊！"千皓辰一本正经地对我说，脸上居然是很认真的表情，"刚刚你帮了我，我们就是朋友了，既然都到了你家的门前，我怎么能不去拜见朋友的父母啊！"

哐当！

如果可以，我真想一头晕倒在我家的大门前！

他……他这个家伙到底是不是从火星来的？难道我刚刚的"蜜桃神拳"把他打傻了吗？他难道没有听懂我的话吗？我刚刚明明在说，我不想再见到他，他居然还说什么"要来拜见我的父母"？他把自己当成什么了，只是嘴唇碰了一下，难道就要变成我的男朋友了？

"喂，你这个人不要太奇怪好不好？谁和你是朋友？谁要你拜见我父母？你刚刚占了我的便宜不说，还把我手机都给摔坏了！我已经不和你计较了，你居然还要跑到我家里来，你这个人真是……"

这家伙脑子里到底在想什么啊，难道除了长得帅一点，脑子里装的都是水吗？居然还自称朋友？我没有再给他一拳，已经算是客气的了！

"啊，原来你怪我刚刚弄坏了你的手机啊！"他被我骂得好像有点明白了，但随即那漂亮的眼珠就转了一转，"可是我没有钱赔给你耶！啊，对了，我身上只剩下这枚尾戒了，你先拿去，就当我赔你的手机好了。等我有钱的时候，你再还给我吧。"

这个家伙不由分说地突然抬起左手，从他的小手指上把一枚精致的尾戒给脱了下来。根本不由我回答，他就自说自话地把戒指塞进我的手里，还紧紧地抓住我的手。

"你刚刚还说什么？说我亲你是占了你的便宜？啊，这个怎么赔呢……噢，这样吧，我让你再占回来好了。来吧！"晕！这家伙的脑子怎么转得那么快，一点都不给我回答的机会。

千皓辰真的已经闭起了眼睛，居然还嘟起了他那张粉红色的嘴唇，很大方地直伸到我的面前——

啊啊啊！真的好想再给他一拳啊！

这个坏蛋男生，这个混蛋男生！他到底在胡思乱想什么啊！居然说什么让我把便宜占回来？！如果我去 Kiss 他的话，跟他亲吻我又有什么区别啊？真是……快要被这个家伙气死了，怎么长得这么帅，却如此厚脸皮啊！

"走开啦！"我生气地伸手就去推他，"谁要你赔什么 Kiss！你这个男生难道是 ET（Extra Terrestrial 外星人）吗？连人家说的话都听不懂，我们才不是朋友，我更不想再见到你！所以你还是快点走开……"我想要用力地把掌心里的那枚尾戒塞还给他，可是他却紧紧地握着我的手，一点也不放开。

"啊，不行了……"他没有被我推开，反而低低地呻吟了一声，"头好晕……肚子好饿……啊……不行了不行了……"

什么什么？这家伙又在莫名其妙地说什么？他又在装什么腔、作什么势啊！

可是还没有等我反应过来，这个男生高大的身子已经朝着娇小的我直直地压了过来。千皓辰的胳膊用力地搭上我的双肩，连他的头都深深地埋进了我的颈窝！

"喂喂喂！"我差点被他压得跌倒在地上，"你又在搞什么啊？快点站好啊！你好重耶……"

我大声地朝着他叫喊着，可是那个可恶的家伙却真的像是失去了意识一般，竟然把身体全部的重量都压在了我的身上！

啊，他到底怎么回事啊？难道真的要赖上我了？！啊，我今天到底倒了什么霉了，居然遇到这个厚脸皮的男生……不行了，他好重，我就快要支撑不住了……老天爷啊，菩萨大人啊，救命啊……

就在我快要把所有神仙的名字都叫过一遍的时候，突然，我家的大门猛然被拉开，一个足足可以刺破云霄的尖叫声就响了起来——

"陶蜜儿！你在干什么？！"啊呀呀！是老妈！

老妈刚才打电话要我五分钟之内回到家，现在……现在都过了几个五分钟了？！而且我的怀里居然还抱着……一个男生！

哇呀呀！这次绝对死定了！

"老妈，放我出去! 老妈，那不是我的错啦! 是他突然扑过来耶，我真的不认识他，真的真的! 老妈……"我砰砰砰地砸着浴室的门，只想请老妈网开一面，快点放我出去。

这是我老妈整我的必杀绝招，明明知道我很讨厌这黑漆漆的浴室，但是每当我犯错的时候，她还是会把我关在这里。

不过，今天真的不能怪我啊! 是那个家伙硬缠上我的耶，而且是他硬说自己快要晕倒了，才倒在我身上的! 但是老妈根本不由分说，虽然叫了老爸把那个家伙给拖进了房间里，却还是一顺手就把我关在了浴室中!

"老妈，放我出去啦! 我都已经十七岁了!"我扯着喉咙尖叫。

"别叫了! 再过十七岁我也还是你妈! 而且，十七岁就能交男朋友了吗? 十七岁就能和男生在街上拉拉扯扯吗? 你给我好好在那里反省一下，如果认识不到自己的错误，就别想出来!"老妈的声音透过浴室的大门传来。

晕，认识到我的错误? 那明明就不是我的错，全是那个家伙的错好不好? 是他硬缠住我，硬压在我身上，而且还……还硬是抢了我的初吻……哇啊啊，最伤心的那个人应该是我好不好，居然还把我关在这里?!

"老妈，老妈! 放我出去啦!"我快要被气晕了，只能对着浴室的门大喊。

"是吗? 谁会给那孩子用那么大剂量的镇静剂? 不可能吧……"

可是老妈好像没有一点想要放我的意思，反而在外面和老爸说起了话，然后他们的声音就渐渐消失在了我家的客厅里……

呜呜呜，我这是招谁惹谁了呀，居然飞来横祸! 早知道就不要那么花痴了! 陶蜜儿，你还真是笨蛋啊，居然看人家长得帅就相信人家! 其实那个家伙根本就是个扫把星好不好? 害得我还要被关在这黑漆漆的浴室里，只能一个人孤单地……

咦？我突然觉得掌心里被什么东西给硌了一下，展开手掌一看，我才发现原来那个家伙硬塞给我的那枚尾戒，还乖乖地躺在我的掌心里。

啊，看到他的东西我真的好生气，好想抬手就把它丢掉！

可是，等一下——

透过浴室里的透气窗射进来的几缕微弱的光，我竟然发现这枚细细的白金尾戒正闪着润泽的光华。戒指的顶部有一对小小的、延伸出来的小翅膀，好像天使一样；而翅膀上被镶了一圈碎碎的小钻石，折射出那样明亮、璀璨的光芒；翅膀的中间没有大颗的钻，反而是被深深地刻上了一个古怪的符号。这符号并不像是英文、中文、法文或者其他什么文，有些曲曲扭扭的，我根本就看不懂。很奇特的是，这个符号比那些钻石更明亮，好像从那深深的印迹中正散发出金色的光芒一样……

呀，这个戒指好神奇啊，好像有着什么奇特的魔力一样。

可是一想到是那个家伙戴过的，我就觉得很生气。凭什么只塞给我这样一枚戒指，就钻到我家里来啊！还装模作样地晕倒，害得老爸老妈同情心大发，真的把他给弄进我家了。最可怜的是我，竟被老妈给关在这黑漆漆的地方……漂亮的魔戒啊，如果你真的能听到我的心声的话，就显显灵，把我带出这个奇怪的地方吧！

魔戒啊，魔戒，请赐给我你的力量吧！

不知道是不是《魔戒》看多了，我竟然胡思乱想起来，不由自主地举起了那枚戒指，把它放到我的面前，想要看看那灿烂的金色光芒，是不是同样能够照亮这个黑漆漆的浴室——

"可爱的小姑娘，你好啊！"

蓦地，不知道突然从哪里传来一声苍老的、却带着一丝俏皮的问候。

"吓？是谁？！"我被狠狠地吓了一大跳，差点摔倒在马桶上。

"是我啊，美丽的水蜜桃。"那声音再次传了过来。

这回，我的汗毛都吓得要倒立起来了！因为那个苍老却活泼的声音，居然……居然是从那枚漂亮的尾戒里传出来的！就在这时，我看到从戒圈里迸射出一道耀眼的白色光芒，黑漆漆的浴室瞬间被照得一片彻亮。透过细细的白金戒圈，我竟然看到一位穿着黑色的袍子、留着满脸花白胡子的老爷爷，正笑眯眯地看着我！

啊呀呀！这，这是什么东东？！戒指里为什么还有人？而且还是一位花白胡子的老爷爷？看着他眼睛都笑得快要眯成一条缝的样子，活像圣诞节里给大家送礼物的圣诞老公公呀！可是……这是我的幻觉吗？戒指里面怎么还会生活着……人？！

"怎么了，可爱的小桃子，看到我吓了一跳吗？"白胡子老爷爷竟然清楚地叫着我的名字，"还是不相信戒指里面会有人？别害怕，我不是坏人，不会伤害你的。"

吓？小桃子？不是坏人？

这话怎么听起来这么耳熟？活像那个臭男生在欺负我的时候说的话一样！

"喂，我可不叫小桃子，我叫陶蜜儿，你是谁？"我拿着那枚戒指，惊异地看着里面笑眯眯的老爷爷。

"我是谁你都不认识吗？你不是曾经还向我祈祷过吗？难道都忘记了？"老爷爷继续笑得眼睛都快看不见了。

"祈祷？向你？"我奇怪地看着披着像是大斗篷一样的袍子的老爷爷，实在想不出他是哪一位。

"嘿嘿，最近的孩子都挺健忘的。不过没关系，我已经听到了你诚心的祈祷，所以我打算给你一个机会，让你达成你的心愿。"老爷爷笑得白胡子乱飞，竟然对着我伸出手来，"我送一件礼物给你，你要好好利用，希望下次再见到你的时候，你已经达成了你的愿望。"

戒圈里突然伸出一只大手，径直朝着我的怀里，塞过来一张奇特的纸片。

我被吓了一大跳，但纸片还是被塞进了怀里。

那张纸片花花绿绿的，像玻璃纸一样漂亮，晶晶亮的彩色金粉在纸片上闪烁，最上面印着五个很精致的大字：

童话王国通行票

呀，这是什么？童话王国？通行票？这是什么意思？

我拿着这纸片不由得觉得莫名其妙："这是什么东西？什么童话王国？什么通行票？难道是游乐园吗？还是……"

白胡子老爷爷在戒指里对着我微笑："那可不是游乐园，而是一座可以带给你神奇梦想的电影院。只要你拿着这张票子，找到那个地方，就可以实现你的梦想啦！"

什么？电影票？

这个答案倒是让我吃了一惊，我还以为是什么可以游玩的地方，没想到竟然是电影院……

我翻过那张漂亮的玻璃纸票，票子的背后赫然印着：

时间：童话 097 年，8 月 18 日

座号：西厅七排六号

"呀，这里还印着时间和座号呢，好像真的是电影票，还是七排六号……这个电影院里有很多人吗？到底在什么地方呀？"我奇怪地查看着票子，有些好奇地询问着戒指里的老爷爷。

但是就在我低头的这个瞬间，整个浴室里突然安静了下来，连戒指里绽放的光芒也消失了，浴室里再一次暗了下来！那位刚刚还在戒指里对着我微笑的老爷爷，竟然也消失得无影无踪！除了放在我掌心里的那张漂亮的电影票，一切居然又恢复了正常！

呀，不会吧？难道……难道是我刚才做了一个梦吗？竟然在梦里看到一位童话老爷爷？可是不对啊，如果真的只是一个梦，那么手里的这张电影票又是怎么回事？

正当我惊异地瞪大了眼睛的时候，浴室的大门突然被人拉开了，一个清澈好听的声音立刻就从门外飘了进来："喂，可怜的小桃子！我来救你啦！"

啊？小桃子？！

一听到这个外号我就差点要晕过去，不用抬头看，我就知道一定是那个笑得满脸灿烂、脸颊边有着两个可爱小酒窝的讨厌男生了！

那个……抢了我的初吻，摔了我的手机，还害得我被关的男生——千皓辰！

2

章节

ET美少年的米花雨
Wonderful popcorn rain

Vol. 1 东方小王子

魔戒？这真的是魔戒吗？

教室里的同学们又在喧闹个不停，但我却没有什么心思，只是坐在自己的座位上，来回摆弄着这枚长着天使翅膀的小尾戒。

虽然这枚戒指非常漂亮，可我还是觉得自己遇到那个叫"千皓辰"的男生，真的真的很倒霉。不仅手机报销了，初吻没有了，还被老妈关在浴室里直到半夜。后来还是那个可恶的家伙来帮我开门的。

"喂，可怜的小桃子，你受苦了吧？下次可不要再犯同样的错误啦！"一张又帅气又可爱的脸孔浮现在浴室门口时，竟然就像是那枚漂亮的天使戒指一样，瞬间照亮了整间黑漆漆的浴室。

咣当！

我真的一头摔倒在马桶上了！

这家伙虽然长得帅，但是脸皮可真厚啊！什么我不要再犯同样的错误？这错误明明是他造成的好不好！而且看他笑得眼睛弯成月牙一样的形状，哪里像是什么晕倒的人？他一定是故意的，一定是在骗我！

"喂，你这个大坏蛋！"我真的生气了，从马桶上爬起来就朝他冲过去，"喂，你这个家伙到底想要干什么？你为什么要装晕倒？为什么要骗我？为什么要留在我家里？我去告诉老爸老妈，让你快点离开！"

真是奇怪了，老妈一向管我管得很严，可是居然会让他留在家里，还让他来给我开门，这不是太奇怪了吗？不行，我要快点去找老妈，让她把这个奇怪的家伙给赶出门去。

"我没有骗你啊！"那张漂亮的脸孔上，居然立刻浮现出无辜的表情，"我是真的晕倒了，不过……是饿晕的。"

咣当！

刚刚从马桶上爬起来的我，又一头摔倒在浴缸里。

这个家伙……这个家伙能不能不要那么气人啊！这都是什么时代了，居然还有人是饿晕的？骗人也不是这样的吧！这个抢了我的初吻，弄坏我的手机，害我被关还骗我的家伙，我绝对和你势不两立！

"喂，我不想再和你说了，我跟你是绝对说不通的！我去找老爸老妈，要他们赶你出去！我根本不认识你啊，你为什么要留在我家……"我真的生气了，用力地从浴缸里爬起来。

可是那个名叫千皓辰的家伙却摆出一副不好听的话绝对听不到的表情，竟然把他那双漂亮的浅蓝色的眸子乌溜溜地一转，接着就捂着肚子转身："啊，真的好饿啊！阿姨刚刚说有留宵夜吧，我先去填饱肚子好啦！啊，真的好饿……"

什么？宵夜？那是老妈留给我的啦！我每天下自习后，老妈都会给我准备好宵夜，不然晚上我就会饿得睡不着。可是他竟然想要抢我无上美味的宵夜？！

"喂！等一下！"我一骨碌就从浴缸里跳出来，朝门外直冲过去，"千皓辰，你给我站住！那宵夜是我的！"

我一步就想冲出浴室，但没想到那个家伙才刚刚闪出浴室之后，居然头也不回地就用力一甩手——

砰！

金星乱飞，金花四溅啊！

我可怜的小鼻子结结实实地就撞上了那扇雪白的浴室大门，痛得我眼泪在一瞬间就涌了出来！

"哇呀呀！千皓辰！"

我咬牙、我切齿、我跺脚，我想要杀了他啊啊！

"嘶……"

想到这里，我顿时觉得自己的小鼻子还在阵阵抽痛着。

那个可恶的男生，自从遇到他之后，就没有一件顺心的事情！硬塞给我一枚这么奇怪的戒指，就以为我可以原谅他了？我牺牲掉的可是手机和……初吻啊！一想到保留了十七年的初吻就这么莫名其妙地消失，我真是快要吐血三升了，吐血！

我有点生气地丢下那枚"魔戒"，却又看到那张亮闪闪的什么"童话王国通行票"。这个东西真的是从那枚小小的戒指里递过来的吗？我真的没有办法相信。可是，这个票子真的就摆在我的面前啊，而且还印着什么童话 097 年 8 月 18 日……

等等，今天，不就是 8 月 18 号吗？难道……

"咦，这是什么？"突然从我的身后传来一声熟悉的询问声。

"吓？没什么。"我被吓了一跳，几乎下意识地立刻就把那两样东西抓在了掌心里。

"耶，水蜜桃，你好像有事情瞒着我哟！"

林珊雅从我的身后冒出来，留着清爽短发的她，显得那样的干净和清纯。只是她好像对我的动作很不爽，一双杏仁般的大眼睛直直地盯着我，还有点不高兴地鼓起了脸颊。

"没有啦，珊雅。"我连忙讨好地摇摇她的胳膊，"你知道的啦，就是平常我喜欢的那些东西，我怕你会骂我。"

我挑起眉毛，有些心虚地看着好友。珊雅和我完全不同，我是各国童话的超级发烧友，《格林童话》、《安徒生童话》、《童话大王》、《世界各国童话》等等的书堆满了我家的书柜，最喜欢看的故事就是："王子与公主永远幸福地生活在一起……"

可是珊雅就和我一点也不一样，她功课好，做事又利落，头脑清醒又理智，一直最不喜欢的，就是那些各种各样的童话故事。她总说这个世界上最能骗人的就是童话书了，什么公主，什么王子，什么永远幸福的生活，她一直觉得这是绝对不可能发生的！

所以每当我看那些书的时候都会躲着珊雅，只怕一个不小心又招来她对我的一顿训斥。珊雅的唠叨功力一点也不比老妈差耶！

"你又在玩那些东西，对不对？"珊雅果然最了解我，"你这个丫头，我怎么说你都不相信。好啦，我就是想要治治你这个幻想症，所以特意去图书馆里，给你找来了这个！"

珊雅没有再追问我手心里的东西，反而把一本重重的大部头书，突然拍在了我的书桌上！

哐！

"这是什么？"我有些奇怪地看着这书厚厚的本，只见封面上画着华丽的花纹，装饰得非常豪华。

"这是能让你的幻想症破灭的一本书……"珊雅用力地翻开封面，"各国王子离婚大纪录！"

哐当！

不知道这是我这两天来的第几次摔倒了，真是倒霉的时候连喝口冷水都塞牙啊。在家里被那个坏蛋男生欺负还不够，到了学校里，居然还要被我的好朋友打击！

这是什么？各国王子离婚大纪录？

"珊雅，你……你有没有搞错？"我从课桌上爬起来，脸颊都快要抽筋了，"居然让我看什么王子离婚大纪录？我又没有嫁给王子好不好？再说就算我想嫁，我们这里又哪有王子？"

"我先给你打打预防针嘛，省得你天天总是做梦梦到公主和王子的。"珊雅对着我嘟起嘴巴，"再说，我们这里怎么没有王子？现在丹麦王室里的一位王妃，就来自我们东方啊！她生的那位小王子，可是拥有我们二分之一的东方血统耶！听说前一段时间那位王妃生病了，小王子要回来帮老妈祈福，说不定哪天我们走在路上就遇到了呢！"

晕倒！珊雅的想象力比我还要丰富耶，居然说什么走在路上就遇到了！人家可是王子耶！王子身边应该跟着一大群保镖吧，就算遇到了，还没等我们走过去，也早就被保镖们给丢到南太平洋了！

"啊……珊雅！"我无力地抱住脑袋，"你不要再乱讲了好不好？我喜欢的是童话故事里的那种王子啦，像欧洲古世纪里的，穿着笔挺的制服，拿着漂亮的银剑……不是现在的王子好不好！现在那些皇室里的王子都长得不能看好不好！"

"谁说的！"珊雅竟然开始和我辩论起来，"谁说现代的王子就长得不能看？你看英国的威廉和哈里王子，还有摩洛哥的安德烈王子，都长得很帅呀！啊，还有这个，这个就是丹麦王室的东方混血王子耶！好像叫 Eddy，哇，是漩涡的意思呢！"

珊雅有些兴奋地打开那本书，书的后面竟然是所有王子们的照片。看着她兴奋地说着什么东方小王子的名字，我真是快要晕倒在课桌上爬不起来了。还说要我不要对王子犯花痴，可是当她看到这些真正王室的小王子们，还不是花痴得一点也不输我？

还什么 Eddy，还什么漩涡，难道想要把珊雅都给漩进去吗？

"反正我没兴趣啦!"我把珊雅手里的书用力一合,"这些王子就送给你啦,我还是去梦我的童话小王子就好了! 就这样喽,拜拜!"

不能再跟这小女生唠叨下去了,不然她一定会强迫我把那本大部头全部啃完! 那是多么恐怖的一件事情啊! 幸好现在已经是下午放学时分了,我还是快点收拾一下我的东西,三十六计……溜为上啦!

～ Vol. 2 他的小桃子 ～

趁着珊雅还没有反应过来的时候,我已经背着书包一溜烟地朝着学校门口跑去。

今天可不能再晚回家了,不然老妈一定拿刀把我给劈了! 希望今天能顺顺利利,也希望不要再遇到那个奇怪的男生! 那个家伙今天应该离开我家了吧? 昨天被他折磨得整夜都没有睡好,一想起那张漂亮的俊脸,就想起我失去的初吻,又想起我摔碎的手机,又想起我被他撞得七荤八素的小鼻子……

啊,让那个家伙快走吧! 快点离开我家吧!

"啊,好帅呀! 好可爱啊! 真的好像王子啊!"

"你从哪里来啊,怎么从来没有见过你啊,难道不是我们学校里的学生吗?"

蓦地,从校门口突然传来一阵高亢的尖叫。好像有一大群女生,把学校门口的一角给围了个里三层外三层,还有人尖声地问着问题。似乎在那群女生的中间,有什么奇特的人物一般。

"我不是你们学校里的学生,不过,我女朋友在这里读书。"

突然之间,好听的男低音从那群女生的中间传了过来,那样低低的,又带着磁性,真的好动听啊!

哇,我好喜欢拥有这种男低音的男生,这样声音的男生,一定是个子高高的，又酷又帅，很能保护女生的那种！可惜……人家已经有女朋友了耶！

这句话让我很失望，也惹得那群女生发出一阵阵的尖叫——

"啊，你已经有女朋友了吗？好可惜啊！"

"对啊，你长得这么帅，真的好想和你交往啊！"

啊，天呀，我们学校里的女生能不能不要这么花痴啊！虽然我也是个很爱犯花痴的女生，可是，人家都说有女朋友了，居然还要求和人家交往？是不是太过分了呀！

就在我扁起嘴巴替我们学校里的那些女生觉得丢脸的时候，那个低沉的男生居然又开口了——

"没关系啊，虽然我已经有女朋友了，但是我会像守护着她一样守护你们的。像你们这么可爱的女生，我又怎么可能会让你们失望呢？"

哐当！

这一次，我真的、绝对、确定是狠狠地一头跌倒在我们学校的大门前！

刚刚还为帅哥有了女朋友而失望呢，结果才这一句话，就让我差点吐血而亡！还以为是一个多么可爱、多么专一、多么冷酷的大帅哥，结果……却是一只花心大萝卜！

"哇，好可爱！好迷人！好帅啊！"

"我从来没有听过这么动人的话啊！哇呀呀！不行了！"

女生们的尖叫立刻此起彼伏，简直快要把我们学校的大门都给冲破了。

天啊，这些人……这些人难道都没长眼睛吗？听到那种话，居然还觉得他可爱？觉得他迷人？应该是觉得他恶心才对嘛！不过，说真的，后面那一句话的语气，怎么听起来有些耳熟呢？

我奇怪地皱起眉头，一边扯扯自己的校服裙，一边想要从地上爬起来。但就在这个时候，突然有一双穿着白色球鞋的大脚猛然停在了我的面前。接

着是一只白皙的手掌，直直地就伸到我的面前来。

咦，这是谁？是谁这么好心，居然还来帮我？

我有些好奇地抬起头，刚想要看看这只手的主人时，突然从我的头顶上传来一句让我终生难忘的话——

"小桃子，你怎么又摔倒了？以后走路要小心，不然我可是会心疼的哟！我扶你起来吧，我心爱的……小桃子。"

什么？！

我几乎快要被这句话炸到公元 3000 年去了，小……小桃子？心疼？心爱的？！这，这都是什么话呀？而且，这个声音……这个声音……

我挑起眉毛，有些心惊胆战地望向面前的这个人。

一张白皙而精致的脸孔，尖尖的下巴，粗粗的浓眉，高高的鼻梁，一张粉红花瓣般的漂亮嘴唇，还有一双格外迷人的浅蓝色眼睛，就像映出了大海的蔚蓝一般，闪烁着那样动人的光芒。当然还不能忘了他最有杀伤力的那个武器——一对浅浅地浮现在他笑容灿烂的脸颊上的……可爱小酒窝！

咣当！

这下我根本不用再爬起来，因为我已经知道这个人是谁了！

千——皓——辰！

"啊……这个女生是谁？难道……是这个帅哥的女朋友吗？"

"不会吧？她个子那么矮，脸蛋那么鼓，屁股那么大，腿又那么短，简直就是一只鸭子啊，怎么能配得上小帅哥？！"

什么？！

这群女生又在乱说什么？我个子矮？我腿短？我屁股大还有脸蛋鼓？！天啊，居然说我像鸭子？！啊啊啊！气死我了！

"喂，你们别这样说我女朋友。"站在我面前的千皓辰居然开口了，"小桃子个子矮是娇小玲珑，脸蛋鼓是 baby face，屁股也不大啊，腿短我也喜欢。而且小桃子才不是鸭子，她是一只小水蜜桃啦！只属于我的……水蜜桃。"

啊啊啊！我们学校门前为什么不挖个洞啊，我现在只想从那个洞里跳下去！

这个臭男生在胡说八道什么啊！竟然还和那群女生争辩？还说什么不是鸭子！我现在宁肯变成鸭子也不想当他的什么"女朋友"，我还不想被这群女生五马分尸啊！

"够了！不要再说了！"

我真是快要被这个男生给气死了，他到底在胡说八道什么啊！我简直就要在学校门口满地乱爬了，地洞呢？地洞呢？你快点出来，我要跳进去呀！

"啊，小桃子，你怎么了？为什么又摔倒了？难道是看到我太开心了吗？不要这样啦，让别人看到多不好意思。快起来吧，我的小桃子。"那双大手直接伸到我的腰上来，好像要在所有人的面前，大大咧咧地伸手抱起我！

啊，越来越过分了，居然都开始毛手毛脚了！你这个可恶的男生啊！

"喂，我警告过你，不要再碰我！不然……蜜桃神拳！"我真是快要气疯了，可就在这时，我感觉到他的大手已经扶到了我的腰上！

砰！

我的小拳头立刻就"飞"了出去，准确无比地"Kiss"到了他漂亮的右眼上！

"啊……"某个只会耍帅的家伙立刻被我打得发出一声惨叫，而且很狼狈地就在我们学校门前仰面倒下！

周围的所有女生倒抽一口冷气，乌溜溜的眸子全都瞪得比汤圆还要圆。

我被他气得胸膛起伏，挥着拳头警告那个仰面朝天的家伙："喂，千皓辰，我早就警告过你的，不要再靠近我！而且，不许再叫我小桃子！我也不是你的女朋友！快点给我离开这里，我再也不想见到你！"

"啊，好痛啊！小桃子，你为什么总是对我这么凶啊！"千皓辰用一只手捂着他的右眼，抱怨地对我扁起嘴巴，"我只是看你的后面就是铁栅栏了，怕你撞到才扶你的嘛，你为什么又打我……啊……我的眼睛……"

嗯？铁栅栏？

听到这个家伙的话，我竟然下意识地回头看了一眼。

我的身后居然真的是学校大门的铁栅栏，还有几处因为坏掉了而刺出尖尖的铁丝来。啊，难道……他是为了保护我？怕我受伤？不可能的！那个家伙才没有这么好心！

"我懒得跟你讲，我要回家了，你不要跟着我！"虽然心里是这样想的，但我还是觉得真的不应该再打他。

算了，我还是快点离开这个是非之地吧，被这么多女生虎视眈眈地瞪着，我的心脏都开始扑通扑通地乱跳起来。

水蜜桃的三十六计，溜为上！

我抓起书包来转身就要跑，但是身后还是传来了那个家伙动听的声音——

"小桃子，你不要跑啊！叔叔让我接你去医院耶！"

❧ Vol. 3 他生病了吗？ ❧

医院。

并不是我生病了才要来医院，而是因为老妈是这间医院的护士长，老爸是这间医院里心理科的主治医生。很奇怪吧，两个同样医生出身，平时又很严肃的人，居然生出我这么一个小怪胎来，不仅性格和老爸老妈完全相反，连喜欢的东西也和他们截然不同。而珊雅总是说我还在反叛期，所以才故意和老妈作对的。

切，那小丫头只会说风凉话，让她也有一个当护士长的老妈试试看？

老妈不仅医术一流，而且很爱干净、有洁癖，时间观念超强，做事超级认真，对任何人任何事情都超级有原则，简直就是不讲一点情面的机器人啊！机器妈！

"不是让你放了学就过来吗？你看看现在都几点了？"老妈一边在诊断室里忙碌着，一边还抽空批评着我。

又来了又来了，老妈的唠叨啊！

"老妈，从这里到学校至少要走半个小时耶，你以为我天天坐火箭上下学吗？才晚了几分钟而已。"我放下手里正在翻弄的童话书，无力地叹气。

这本书是我最爱的《世界经典童话选集》，几乎都快被我倒背如流了，我却依然每天把它捧在手里，翻来翻去总也看不厌烦。

"呀，你这个小丫头居然会顶嘴了，嗯？！"老妈放下手里的针筒，对着我瞪着眼睛。

我连忙伸手抱住头，真害怕老妈一生气就把手里的针筒对着我扎过来。

不过话说回来，我今天晚到，还不是因为在学校门口遇到那个 ET 男生？居然叫我什么小桃子，还说我是他的女朋友……啊呀啊呀，一想起来我整个脑袋都快要炸开来了！

"老妈，你别生气嘛，以后我乖一点就是了，你对我最好了。"我连忙笑眯眯地拍着老妈的马屁，"不过老妈，为什么要让那个家伙住在我们家？"

"那个家伙？"老妈对我投来奇怪的目光，"你是说那个叫千皓辰的孩子？"

我连忙像小鸡啄米一样猛点头。

"你还敢问？那还不是因为你惹是生非，把人家弄得晕倒在我们家门口，我和你爸才让他住在家里的！"老妈的声音立刻就提高了八度，眼睛也瞪得很圆，"你这个小丫头，我还没找你麻烦，你居然还敢问我！你才多大啊，就敢交

男朋友了？"

"啊？"我被老妈吼得一头雾水，"谁说他是我男朋友？是他自己说的吗？"

天啊，这个ET男生，他在我们学校外面乱说也就罢了，不会还在我家里胡说八道吧！

"对啊，就是那孩子说的。他告诉我们，你们手也牵了，抱也抱了，连Bobo都……"老妈的眉毛猛然一挑，生气地举起手里的针筒就对着我——

"老妈！"我吓得连忙跳起身来，飞快地向后猛退两步，"老妈你别听他撒谎啦！他才不是我的男朋友！还有，还有什么牵手、拥抱、Kiss……"

我的眼前突然浮现起在停车场里的那一幕，他伸出手抱住我，还用他那花瓣一样的嘴唇……

啊，不对不对，陶蜜儿啊，你又在胡思乱想什么？都什么时候了，你居然还有心情想他那张漂亮的嘴唇？你现在应该是讨厌他那张胡说八道的嘴巴才是！

"老妈，你相信我啦，我真的跟他没有什么！"我心急地抓住老妈的胳膊，"我真的很乖，没有交男朋友，我昨天才第一次和他见面啊！老妈，你要相信我啦！"

"相信你？"老妈对着我斜视着。

我再一次小鸡啄米。

"小丫头，现在撒谎都撒出水平来了，居然连眼睛都不眨……"老妈狠狠地瞪了我一眼，竟然不相信我地再次低下头工作。

我真是快要晕倒了，哪有这么不相信女儿的老妈，我跳到她前面，气鼓鼓地说道："老妈你怎么可以这么不相信我！好吧，我现在就去找那个家伙，我让他告诉你们，我和他之间没有任何关系！让他快点从我们家里离开！"

这个臭ET千皓辰，他到底想要把我整成什么样子啊，不行，我现在就去找他，把他叫到老爸老妈面前，好好地对质一下！

蜜桃 梦恋曲

Cinderella
Sweet dream of
Cinderella

微笑着翻开不可思议的童话书，

纸牌小兵围绕在我的周围，

能不能告诉我，我是否会遇到命中的王子？

我甩掉自己心爱的童话书，准备大踏步地去抓那个臭家伙！

"等一下。"老妈却突然伸手拉住了我，"先不要去找那个孩子，暂时让他住在我们家里吧。"

什么？！

老妈的这句话让我诧异得瞪大了眼睛："为什么？！"

"那孩子昨天说，他在这里没有任何一个亲人，也没有朋友，而且他的身体不太好，昨天真的晕倒在我们家门前了，所以……"

"什么他的身体不太好，什么晕倒！他那是装的！他是饿晕的啦！"我心急地直跺脚，没有想到有洁癖的老妈居然可以允许陌生人住在我们家！

"蜜儿，你怎么这么没有同情心？"老妈居然很不高兴地甩给我一个大白眼，"妈妈是做护士的，难道连有没有生病都分不清吗？妈妈以前是怎么教你的，对待路边野生的小草还要有三分同情，更何况是个生病晕倒的小男生？你这个孩子什么时候变得这么冷漠无情了？陶蜜儿，老爸老妈以前都白给你讲做人的道理了吗？"

晕晕晕！

又来了，又来了！老妈的长篇大论加永无止境的唠叨！居然说我没有同情心，天啊，有没有天理啊，我就是太有同情心了才会出手帮助那个家伙；就是太有同情心了才会害得我把自己的初吻都白白送掉了；就是太有同情心才会任他在校门口那样捉弄我……啊，老妈你居然还说我没有同情心！

算了算了，我不要听了。还是去找老爸吧，他平时最疼我了，一定会支持我的！

趁着老妈生气地整理医疗用品转身的时候，我立刻带着我心爱的童话书，脚底抹油地转身就跑！

水蜜桃的三十六计中，溜之大吉永远是最上乘的一计啊！

"喂，陶蜜儿！你这个臭丫头，快点给我回来！"诊断室里传来老妈生气的咆哮声，但是我早已经一溜烟地跑得没影了。

啊啊，九死一生啊！

逃出了老妈的掌控，我庆幸地拍着自己的胸口。走廊的前面就是老爸的诊疗室了，刚刚老爸才把千皓辰叫了过去，想必现在应该还在吧。太好了，就趁这个机会跟老爸提出来，把他赶出我们家吧！一个陌生人，为什么要莫名其妙地闯进我们家的生活呢！

老爸是这所医院里最有名的心理学医生，虽然不用上手术台动刀子，但还是救了很多有心理疾病的人，得到了很多人的尊重。我跑到老爸的诊疗室前，房门刚好虚掩着，我一眼就看到老爸坐在诊疗桌后，而那个 ET 帅哥正背对着我，坐在老爸的面前。

啊，正是好时候，快点进去说吧！

我把手放在老爸诊疗室的房门上——

"你知不知道你的病已经很严重了？间歇性晕倒的次数越来越多了吧？每次昏迷的时间也一定在加长对吗？"老爸的声音突然传了出来。

嗯？什么？老爸在说什么？

ET 小帅哥垂着头，低低的声音传过来："我知道，叔叔。"

"那你还在用那些药？如果再服用下去，总有一天你的身体会受不了的。"

"其实没关系啊。"我听到他勉强的笑声，"我现在已经不用那些针剂，只是吃些药片就好了。叔叔不用担心，我不会有事的。"

嗯？他们在说什么？我怎么都听不懂啊！针剂，药片？身体受不了？

"老爸！"我终于控制不住地推开房门，"你们在说什么啊？"

房间里的两个人大概没想到我会突然闯进来，都吃了一惊。尤其是背对着我的那个家伙，在突然听到我的声音之后，他甚至激动得一下子就从椅子上跳了起来，差点狼狈地跌倒在地板上。

"喂，你在干什么啊？"我奇怪地看着他。

"啊？我？没……没什么啊。"千皓辰稳住身体，转过身来对着我微笑，"小桃子，你已经见过阿姨了吗？如果没什么事情的话，我们一起出去吃晚饭吧！"

千皓辰突然很开心地对着我微笑起来，那双漂亮的浅蓝色眼睛都被他笑成一弯迷人的月牙，颊边那对迷人的小酒窝也跟着浮现出来，刚刚那个低沉的声音完全消失不见，竟然又变回了他那个 ET 帅哥的英俊模样。

不是吧？这家伙……不会真的生病了吧？怎么一下很低落，一下又笑得这么迷人？看着他那双浅蓝色的漂亮眼睛和那对迷人的小酒窝，我的心猛然狂跳起来。他的微笑真的是杀伤力十足的武器啊，即使明明知道他是个很讨厌的家伙，却还是完全不能抵抗这样的笑容。

"好啦，我们走吧！"那家伙保持着这样的笑容，伸手拉起我，"我们先走了，谢谢叔叔！"

我被他猛地拉起手指，根本没有机会反应，就被狠狠地给拖了出去！

"喂，你不要拉我啊！喂，我的童话书！"

天啊，这家伙是旋风吗？从第一次出现就差点把我卷倒，现在走路居然又直接用拖的！这里可是医院啊！医院！

Vol. 4 浪漫米花雨

"喂，你不要拉我啦，我自己会走！"离开医院，我终于有机会甩开他的手。

这家伙讨厌归讨厌，可是手指又细又长，指甲也修剪得非常整齐，白嫩嫩的手背像是他的脸孔一样精致完美。啊，该死的，为什么这个臭男生长得那么帅，连手指都这么漂亮？我一向对有着完美手指的男生没有什么抵抗力，

甚至更是常常幻想着有一位童话王子对我伸出他那双漂亮而修长的手……

就像我刚刚翻弄的那本经典童话里，我最爱的故事《天鹅湖》中就有一位又高又帅，又忧郁又迷人的齐可夫里德王子，他那么温柔地握着天鹅公主奥杰塔的手指……那么深情，那么温暖……

啊啊，不对不对！陶蜜儿，你怎么又在犯花痴了？什么低沉好听的声音，什么修长的手指？难道你要把这些美好的词汇一条条都套在这个坏蛋家伙的身上吗？不，绝对不要！绝对！

我用力地摇摇头，还用手猛拍自己的小脸蛋。我要清醒过来，一定要清醒过来呀！

"喂！"

突然一个超大声的招呼，把我吓了一跳，我惊魂未定地张开眼睛，就看到千皓辰那个家伙的一张漂亮脸孔，猛然放大在我的面前！

"哇！"我被他吓得尖叫一声，因为他高高的鼻梁就快要碰到我的鼻子了。

"干吗这么害怕？心里有鬼吗？为什么拍自己的脸颊？是不是很好玩呀？"他又对着我笑了起来，那迷人的笑容和浅浅的酒窝，根本就是要人命的绝杀武器呀！

"我心里才没有鬼，有鬼的是你好不好！"我真的不敢再看向他那张漂亮的脸孔，只觉得自己的心在怦怦乱跳，我忙找话题说道，"喂，你不是说要出来吃饭吗？我们要去哪里？"

"吃饭呀，"他若有所思地转转眼珠，"是啊，吃什么好呢？反正我不要吃西餐的，中餐不知道哪里比较好……"

听他嘟嘟囔囔的，我不禁皱起眉头。

想起刚刚在老爸诊疗室外偷听到的那番话，不禁让我觉得好奇。他似乎在说什么……药……针剂？难道……他真的生病了吗？可是看起来又不像啊，明明还是笑得眼睛像月牙，酒窝深得迷人啊，怎么会有着那样哀伤的背影和低沉的声音？他昨天不是还对我说，他是饿晕的吗？难道……他是在骗我吗？

嘭——

就在我胡思乱想的时候，路边突然传来一声巨响。

我被吓了一大跳，连忙转身。

只看到路边有一位正在卖爆米花的老伯伯，摆弄着旧式的机器，正卖得热火朝天。啊，原来是爆米花的声音啊，真是好久没有见到这样老式的爆米花机了，小时候经常在大街上见到，喜欢和小伙伴们拿上几块钱，爆上满满一包，吃得满头满脸都是。没想到现在居然还能看到！

"你喜欢爆米花？"千皓辰又凑到我的身边来，顺着我遥望的方向看了过去。

"嗯，小时候很喜欢。那时候总是幻想着可以下米花雨，那样我就可以天天吃到香香的爆米花了。"我下意识地点头说道。

但是我的话一出口，就觉得有些不妙，这个脑袋根本就是 ET 的家伙，不会又想乱搞什么吧？可是我还来不及拉住他，他就已经拔腿就向着街对面跑去！

"老伯伯，我要一桶爆米花！"他响亮的声音立刻响了起来。

啊，我只是随口说说的啦，他真的跑去给我买了？不会吧，这个家伙怎么突然变得这么好心，照他那种火星人的个性，应该……

嘭！

我还没有猜测完，街对面的爆米花机居然再一次响了！

可让我瞠目的是，那个家伙并没有老老实实地等着爆米花出来，反而趁着老伯伯不注意，伸手就拉开了爆米花机的顶盖！

扑！呼啦啦！

满天的爆米花就像天女散花一般地飞散开来，连站在街对面的我，都被淋了一头一脸。

天啊——就知道这个家伙绝对不会那么简单的！

"小桃子！"千皓辰站在马路对面向我热情地挥手，"快过来啊，小桃子！是爆米花雨耶！是你一直最想下的米花雨耶！"

呃？

他的这句话，却让我一下子愣在了那里。

米花雨？这是……他送给我的吗？还以为他又跑去恶作剧了，可哪里想到，他却是为了我刚刚的一句话，而跑去给我下了一场米花雨？

不过……真的好美啊！

雪白的爆米花从机器的顶端喷射出来，就像是冬季里飘飞的雪花，又像是春季里飞扬的蒲公英，那样纷纷扬扬，那样姿态优美……街上的孩子们看到这一幕，都尖叫地跑过来，一边伸出手掌接着那满天的爆米花，一边又笑又跳，好不热闹。

我也忍不住伸出手掌，接着那满天纷飞的爆米花，似乎小时候的梦想真的变成了现实……美丽的米花雨，香香的爆米花……真的好浪漫，好可爱啊！

"怎么样？小桃子，你还喜欢吧？"千皓辰不知道什么时候已经跑到了我的面前，怀里还满满地抱着一大捧爆米花，"这些都是送给你的！"

那些爆米花都被塞向我的怀里，我有些惊慌地伸手去接，却刚好碰到他那双纤细修长的手。

好奇怪，虽然被他抱过也 Kiss 过，但第一次碰到他的手，竟有种奇特的感觉。他的手指冰冰凉凉的，好像刚刚捧着的不是白色的爆米花，而是纯洁清冷的白色雪花。

当我刚刚要接过那些爆米花的时候，他突然捧住我的手掌，带着我就朝空中轻轻地一抛!

呼啦啦!

满怀的爆米花像是绽放的烟火一样,从我们两个的头顶飘飘扬扬洒下来。

"啊,好浪漫啊!米花雨!这是只属于小桃子的米花雨!"千皓辰兴奋地叫了起来,一个大男生,竟然比我还要兴奋。

可是,我站在他的面前,看着他的笑容在白色的米花雨里绽放,浅浅的淡蓝眼眸,浅浅的酒窝,竟然是那样灿烂,那样迷人,那样令人……心动。

啊,完了完了,陶蜜儿,你怎么又在胡思乱想了?千万不要被这个家伙的笑容给迷惑,他虽然笑得如此灿烂,但是不要忘记,他完全是外星人啊!外星人!虽然做出这样浪漫的事情,但是……

米花雨渐渐停息了下来,我还在低头提醒着自己要时刻保持清醒,但那位爆米花老伯伯却突然跑到了我的面前——

"小姑娘,我的玉米已经全部爆完了,一共一百七十块,请付钱吧!"

咣当!

我一头就栽倒在满地的白色爆米花里,爬都爬不起来了!

我就知道,我就知道会是这样!什么浪漫,什么迷人,一切还不是要回到现实中来!而且居然让我付那么多钱!

"老伯伯,你找那个家伙付啦!"我从爆米花里抬起头,双手抽筋地指着千皓辰。

"那个男生?他刚刚说自己没有钱,你会付给我的!"

什么?!哎哟!

我又一头栽倒在爆米花堆里,实在实在不想再爬起来了!

原来这些浪漫啊、迷人啊……全部……全部是要付出代价的!而且不是他付,是我付耶!我!这满天满地的爆米花啊,如果用袋子装起来,不知道够

我吃上多久呢，居然就这样白白地浪费掉了！

"千、皓、辰！"我咬牙，我切齿，我要杀了他啊啊！

那个家伙听到我叫他的名字转过身来，看到我咬牙切齿的模样，居然吓得把舌头一伸，朝着我就大喊道："啊，小桃子，我突然想起阿姨说家里还有晚饭的，那我不陪你了，你自己去吧！Bye！"

他居然用了我水蜜桃的三十六计……溜为上！

啊啊啊……这个臭家伙！他溜走了，我可怎么办啊！老伯伯还站在我的面前，可是一百七十块……一百七十块啊！

天啊，我怎么那么倒霉，自从遇到这个家伙，我根本没有一件事情是顺利的！

心不甘情不愿地从地上爬起来，我拿出小钱包想要掏出钱来，可是包包里的那枚神秘的尾戒和那张亮闪闪的电影票突然就滑到了地面上。

我低头想要把它们捡起来，就在弯腰的一瞬间，突然看到街的对面，闪过一张熟悉的脸！

3

章节

天鹅湖的邂逅
Meet in Swan Lake

Vol. 1 水晶电影院

熟悉的脸孔……真的是很熟悉的脸孔！

白白的头发，白白的胡子，笑眯眯的表情，还有那件黑色的连帽斗篷！

呀！是那个我在戒指里见过的童话老爷爷！

这个突然的发现让我本来已经很气愤的情绪瞬间振奋起来，一直觉得那枚尾戒和那张神秘的电影票都只不过是我做的一个梦……但是，却突然在这条飞满了爆米花雨的街道上见到了白胡子老爷爷，那是不是就说明……那个梦是真的？真的有人住在尾戒里？真的有人送给我一张"童话王国通行票"？！

就在我犹豫的这个瞬间，街对面的花白胡子老爷爷突然对着我微微一笑，然后卷起了他的黑色斗篷转身就走！

"喂！不要走！等等我啊！"我连忙从地上爬起来，不可以让他就那么消失啊！

可是老爷爷看起来虽然年纪很大，但是腿脚真的很快！我气喘吁吁地紧赶慢赶，才跟上他的影子！但是就在我跟着他穿过一条长长的小巷之后，突然之间……那件黑色的斗篷竟然凭空消失了！

天啊，不会吧？！突然出现，又突然消失？那他到底是不是人啊？难道是神仙？妖怪？精灵？啊，好奇怪啊！

我已经跑得上气不接下气了，实在没有力气再找下去了。只得一屁股坐在路边，想要好好地喘上一口气。

但是就当我坐倒在路边草坪上的时候，突然发觉自己居然在穿过了那样一条长长的巷子之后，面前出现了一片如同人间仙境般的美丽湖泊！

弯弯曲曲的湖岸边，青翠的杨柳垂岸抚堤，袅袅的水汽从湖面上缓缓升起，叽叽喳喳的小鸟在树枝上纵情地歌唱着，偶尔有微风吹过，整个湖面上立刻拂过一片细细的涟漪。

哇，怎么会有这么美丽的地方呢？真的好像是童话里公主和王子相遇的地方耶！以前我从来没有来过这里，真的很漂亮啊！

轰隆隆——

当我还在感叹的时候，那片漂亮的湖泊突然剧烈地晃动起来！就像是快要地震了一般，原本平静的湖面上，竟然开始波涛汹涌！

"哇，怎么回事？"我被吓了一大跳，抓起自己的背包转身就想逃，"难道是地震了吗？！"

我的话音未落，波浪滚滚的湖面上突然缓缓地升起了一样奇特的东西！那东西四四方方的，有着尖尖的顶子，还有着如同水晶一样透明的墙壁！碧绿色的湖水哗啦啦地从水晶壁上滑过，那件"东西"，不，应该说是那栋"东西"，竟然慢慢地从水底升了起来，直至完全浮现在美丽的湖面上！

"哇，这是什么？！"我被完全吓住了，想要转身逃走，但是两条腿都快要不听使唤了。

原来在报纸上看过什么"海怪"、"水妖"之类的，但那都是在大江大河中啊，怎么面前升上来的不是怪物，而是一座晶莹透明，像是用水晶玉石雕成的神奇的房子！

这房子非常庞大，几乎把整个湖面都占满了，华丽的哥特式的建筑风格，拥有着像欧洲贵族般的尖顶和精美的纹饰。更让人吃惊的是，那建筑的墙壁晶莹剔透，每一面墙、每一扇窗都闪烁着水晶一般的耀眼光芒。

天啊，这是什么东西啊？不会是传说中的水晶宫吧？！

就在我脚软腿软、连逃走都不会的时候，突然"嗵"的一声，水晶宫的

大门竟然被人推开了！从那晶莹的宫殿里，突然走出两位穿着华丽礼服、头上戴着精致花环的大姐姐，一看到坐在岸边呆住的我，她们就灿烂地笑了起来，而且还热情地对我伸出手，异口同声地说道：

"欢迎光临童话王国！"

"欢迎光临童话电影院！"

甜美动人的声音把我差点炸到九霄云外去。

童话王国？童话电影院？！没有搞错吧？这个世界上，居然真的会有这种王国？居然真的会有童话电影院？不是我又在做梦吧？

我拼命地摇着自己的脑袋，还伸手想要去掐自己的小脸蛋，可是手指才刚一下去——

"啊！好痛！"我立刻就惨叫出声。

两位打扮得就像是欧洲中世纪宫廷里的美丽少女一样的大姐姐，都对着我微笑起来。其中一位还走向我，笑眯眯地对我问道："请问……你是陶蜜儿小姐吗？"

哇，好动听好迷人的声音啊！连笑容也那么美丽。

我连忙听话地点点头。

"那你有收到童话电影院的通行票吗？"

呃？她们怎么会知道？

我有些吃惊，但还是用力地点点头。

"那么，你可以把那张票子拿出来吗？只要我们检过票，你就可以进入电影院啦！"大姐姐保持着迷人的微笑。

"什么？我？可以进去？！"我有些吃惊于她们的话，但还是很乖地从背包里把那张白胡子老爷爷给的票子拿了出来。

大姐姐一看到我那张票子，就立刻接了过去，然后从口袋里摸出一个像

是打孔机一样的小东西，在那张票子上"咔"地摁了一下。

"好了，你可以进去喽！今天放映的电影是《天鹅湖》，你要好好感受噢！"

什么？天鹅湖？那不是我昨天还在读的经典童话吗？怎么会这么凑巧，居然这里正在放映……难道是请我看电影吗？

我真是被她们弄得一头雾水，正揣测时，帮我验票的大姐姐已经伸手拉起了我，还转身把我交给了另外一个微笑着的姐姐。

"交给你喽，带她进去吧。"

"没问题。"这个姐姐笑起来更加可爱，她伸手拉住我，就带着我往那个水晶一般的宫殿走去。

"等，等一下！"我惊慌失措地看着她，"我现在还不明白，什么童话王国？什么童话电影院？能不能告诉我，那到底是什么啊？我的票子是别人硬送给我的耶，那个人刚刚还在这里……"

"这个我们当然知道。因为这座电影院，就是属于他的。这里，是给所有爱做梦的女孩实现梦想的地方，这里也是进入童话王国的唯一出口。不过这种票子真的很珍贵的，你可要好好利用噢！"大姐姐笑眯眯地拉着我，一下子就把我拖进了那间像水晶一般的宫殿里。

哇！这里……这里……我都快要找不到形容词来形容了，到处都是用水晶做成的！到处都银光闪闪，晶莹透明！就好像童话世界里那颗永远纯净、永远都不会老去的心一样！

"啊，到了，西厅，七排六号。"

大姐姐拉着我的手走进那间放映厅，我才发觉原来在里面，座位都是被隔开的，好像是真正电影院里的包厢一样，每一对座位中间用红色丝绒的幕布围了起来。我就被安排在很正中的一个位置，只是包厢里有两个座位，却只有我一个人坐在那里。

"这到底是做什么啊？真的看电影吗？"我实在是太好奇了，不由得又问大姐姐。

"对啊，有人请你看电影嘛！不过这电影真的很宝贵，你一定要好好看哟！"大姐姐笑着对我眨眨眼睛，"还有，在这个地方，不可以随便去别的包厢，如果违背了，可是要受惩罚的！所以，乖乖地欣赏你的电影吧！"

大姐姐笑眯眯地对我叮嘱完毕，突然一转身，就消失得无影无踪了！

吓，不是吧？居然又和童话老爷爷一样，突然出现，又突然消失了？

可是……这到底是什么地方啊？真的是一家电影院吗？可是为什么是水中的电影院？为什么是像水晶宫一样的电影院？而且又为什么被叫做童话王国？还有什么《天鹅湖》？！

正当我胡思乱想的时候，前面的大屏幕上，突然就传来了动听的小提琴声——

那么悠扬，那么迷人，好像在婉转地叙述着一个动人的爱情故事，真的是天鹅湖吗？真的有人请我看童话电影？！

已经被关在包厢里了，也没有办法，我只好抬起头来，朝着小提琴声传来的方向望去。

大大的银幕上，真的出现了一片风景优美的湖泊，而湖面上，有一群美丽而优雅的白天鹅，正在缓缓起舞，随着小提琴声渐渐高昂，一只头上戴着小小皇冠的美丽天鹅，突然就在遥远的水面上出现了。

呀，开演的居然真的是天鹅公主！

可是……好奇怪，我竟然觉得那漂亮的银幕变得越来越白、越来越亮了？仿佛这里放映的是那种可以身临其境的动感电影一样，那美丽的湖面似乎开始缓缓地向我移动过来，那银色的光芒似乎也朝着我包裹过来，仿佛快要把我吸进电影中。我越来越贴近那个画面，越来越靠近那散发着耀眼光芒

的银幕!

终于, 当水晶一般的银幕突然绽放出万道银光的时候, 我……乖乖坐在包厢里的我……竟然感觉自己一下子就被拉进了那块银幕!

"啊! "

怎么回事? 发生什么事了? !

✦ Vol. 2 溺水的天鹅公主 ✦

银色的光越来越亮, 照得我的身体也越来越暖, 像是被什么拖住了一样, 在瞬间就掉进了那闪着千道万道银色的光芒里!

"啊……啊啊……"

但当银色光芒渐渐隐去, 眼前的景象开始渐渐清晰, 我惊讶地发现那座神奇的水晶般的电影院消失不见了, 而我也不再坐在那个用红色丝绒布包围的包厢里。我的眼前……我的眼前竟然出现了一大片碧绿碧绿的颜色, 而我的身体下面, 也感觉到一阵阵湿湿的、冰冰的……凉意。

凉意? !

我惊讶地瞪大眼睛, 竟然发现我的身体正泡在一片碧绿色的湖泊里!

"哇呀呀! "这个发现把我吓得一声惨叫, 差点一头就栽进水里去!

我根本就不会游泳啊!

小时候曾经溺过一次水, 从此以后就对这碧绿色的水产生了恐惧感, 连游泳池里的儿童区都不敢去, 更何况是这种深深的湖!

"啊呀呀! "看清了眼前的景象, 我顿时觉得自己全身失衡, 整个人立刻就"趴"在了水上!

咕噜咕噜!

冒着气泡的池水不断地涌进我的嘴巴里，我吓得立刻就大喊大叫起来："救命啊！啊啊！有没有人啊！救命啊！"

到底是怎么回事啊？我刚刚不是还好好地坐在什么童话电影院里的包厢里吗？为什么才一眨眼的工夫，我居然就掉进我最害怕的湖水里来了？完了完了，这下可真的死定了！我真的真的一点儿也不会游泳啊！

扑通扑通！

我拼命挣扎，想要让自己浮起来，但还是被湖水猛呛了几口，连呼救声都开始微弱：

"救……救命……救命啊……"

这到底是什么鬼地方啊，早知道不进那个什么倒霉电影院了！难道我要被呛死在这里了吗？不要不要啊！救命啊！哪位好心的人，救救我啊！

"呱呱，公主，你怎么了？"

"呱呱，公主，你在练习潜水吗？"

突然间，不知道是谁在我的耳边说起话，声音听起来像女声，但是却有点奇怪，居然还"呱呱"……

我努力地从水里挣扎地探出头，想要看看是不是有好心人来救我了，但是当我一睁开眼睛，却立刻被吓得——

"哇！"我惨叫一声，碧绿的湖水咕噜噜地灌进我的嘴巴，"鸭子会说话啦！"

没错，当我睁开眼睛，竟然看到两只白白的大鸭子，正浮在我的身边，居然都对着我瞪着黑溜溜的眼珠，还大张着它们那对鹅黄色的大嘴巴。一个像是在微笑，一个像是在好奇地看着我。

天啊，难道我被砸到脑袋了吗？做梦居然也这么奇怪？竟然还梦到大白鸭子开口对我讲话？而且还叫我……公主？！

"什么？鸭子？！"微笑的那只大白鸭表情一变，好像有点生气，"公主你

怎么能叫我们鸭子？呱呱。”

"是啊，公主，我们明明是天鹅啊！呱呱。"好奇的那个也有点不高兴了。

什么？天鹅？天鹅是长成这样的吗？虽然我从来没有见过天鹅，不过它们看起来真的和烤鸭店里的鸭子没有什么两样嘛，只不过是脖子长了一些……可是，就算是天鹅又怎样？我……我怎么居然能和天鹅讲话？

"喂，管你们是天鹅还是鸭子，可是……为什么我能听懂你们讲话啊？还有，你们叫什么……公主？"我用力地在水面上扑腾，竟然还有空和它们说话。

"公主你怎么啦？因为你也是天鹅啊！"微笑鹅看着我继续微笑着说道。

"公主你为什么扑水啊？这又是什么新式的舞蹈吗？"好奇鹅更加奇怪地看着我。

"什么？！"

它们这番话让我大吃一惊，我惊讶地低下头，谁知道才向着自己正在用力扑腾的胳膊望了一眼——

扑通！

这一次，我是结结实实地真的摔进湖水里！

碧绿的湖水被我砸起很大的浪花，大张着鹅黄色嘴巴的我，就这样咕咚咚地被湖水灌了个够！

不是我太夸张了，而是我实在太太太太……太吃惊了！

因为我只是向旁边看了一眼，居然发现正在用力扑腾的我……竟然长着一对又长又白又漂亮的翅膀！而我可爱的小脚丫也完全变成了红红的鸭掌！更可怕的是，我还算娇小可爱的身体，竟然变成了圆鼓鼓的大白鹅！

哇呀呀！这到底是什么啊！我……我……我陶蜜儿竟然变成动物、变成大白鹅了！

上帝啊，老天啊，菩萨神仙啊，你们到底在跟我开什么玩笑啊，做梦也不是这么捉弄我的吧！居然变成大白鹅了！不知道明天一早，我是不是就要变成哪个人桌上的一只烧仔鹅啊？！呜呜呜……我要哭死了！

湖水咕噜噜地灌进我的肚子里，真想就这么淹死算了！我可是人见人爱、花见花开、超级可爱的水蜜桃陶蜜儿啊，是哪位神仙精灵居然把我变成了这个样子啊？！

可是微笑鹅和好奇鹅看到我被淹在了水下，居然同时潜下来，一边一个用嘴巴叼住了我的翅膀，一起用力把我给拉出水面。

"公主，你怎么啦？"微笑鹅问我。

"公主，你真的在练潜水功吗？"好奇鹅瞪着我。

晕，我还练潜水功，我不被淹死就算命大了！

"咳咳……"我呼啦啦地向外吐着湖水，"你们在说什么啊，我完全……我完全听不懂！而且我根本不会游泳！"

天啊，变成什么不好，居然变成天鹅,而且还是一只完全不会游泳的天鹅！有人见过不会游泳的天鹅吗？那岂不是一下水就要被淹死了吗！

"怎么可能？公主一向不是游泳最棒的吗？而且还会跳那么优美的水上芭蕾，连齐可夫里德王子都被公主迷住了呢！"

"对啊对啊，公主，难道你忘记了我们是被坏人施了魔法吗？白天都只能做在湖上游泳的天鹅，到了晚上，才能变回人形啊！"

两只大白鹅你一言我一语地对我说着，我却听得一头雾水。

可是，它们说的话怎么听起来这么熟悉啊？被施了魔法？白天都只能是游泳的天鹅，晚上才能变成人形？还有……公主？齐可夫里德王子？

这些情节似乎都契合了一个童话故事，那就是——

《天鹅湖》！

受了魔法诅咒的公主，白天只能变成天鹅的模样，在湖面上孤单地起舞，

只有到了无人的夜晚，才能变回美丽的人形。可是，还有谁会爱上这样的公主呢? 还有谁能用爱情帮公主破掉魔法呢?

天啊天啊，这不是我一向最喜欢的童话故事吗? 这不是刚刚那个童话电影院里，正在放映的那部电影吗? 难道……难道……

我低下头，望着碧绿湖水中的倒影。

真的是一只全身长满了美丽的白色羽毛的白天鹅，修长的脖子，洁白的翅膀，红红的鹅冠上，竟然还戴着一顶精致而小巧的金黄色皇冠! 当金色的夕阳斜映过来的时候，那顶小小皇冠上的钻石，立刻散发出璀璨无比的光芒。

我忍不住战战兢兢地问那两只大白鹅：“你们……你们说我们是被人变成天鹅的，那么……你们可知道……我的名字吗? ”

我清楚地记得故事里那位美丽的天鹅公主的名字，希望……希望不会是我想象的那样……

可是那两只白白的天鹅异口同声地回答道：

“我们当然知道您的名字，您是我们最美丽的——奥杰塔公主! ”

什么? !

这句话真的完全把我震住了，而且还听得那么清楚! 奥杰塔公主! 真的是奥杰塔公主! 最美丽的童话，《天鹅湖》中的那位奥杰塔公主!

天啊，不会吧，难道……做梦做成现实了? 看电影看成穿越时空了? 我不再是那个坐在童话电影院里的陶蜜儿，而是完全变成了正在放映中的《天鹅湖》中的女主角!

咣当!

这一次，我真的、完全、绝对地晕倒在碧绿色的湖水中!

“啊，公主! 你怎么了? ”

“公主，你又要练潜水功吗? ”

两只大白鹅再一次地惊叫起来，可是我已经完全被淹没在湖水中……

嗒嗒……嗒嗒嗒……

突然，岸上传来了阵阵马蹄一样的声音……

Vol. 3 忧郁王子齐可夫里德

奥杰塔公主！

受了诅咒，变成了天鹅的奥杰塔公主！

我真是没有办法想象，这到底是发生了什么事情。怎么可能好好地坐在电影院里，竟然眨眼间就被泡进了这碧绿的湖里？而且还有两只大白鹅叫我"奥杰塔公主"……

那位在童话中那么出名、那么优雅、那么迷人的公主，怎么会是……我？！

看来珊雅骂我童话看多了，果然是真的！啊！不会真的就这样被一口气淹死吧？有人见过被湖水淹死的天鹅公主奥杰塔吗？

嗒嗒……嗒嗒嗒……

岸上传来了一阵阵马蹄疾驰的声音，那两只大白鹅立刻就惊叫起来："啊，是王子殿下来了！是齐可夫里德王子来了！"

王子？齐可夫里德王子？

我淹在湖水中，但却清楚地听到它们的对话。啊，不知道那位王子殿下长的是什么样子？是不是真的一如童话中描写的那样英俊？还记得我最爱的那本童话书中，画着他头戴金冠的样子，真的帅得让人无法呼吸，迷死人了！啊，我真的一直梦想可以见到这样的王子啊！所以，我还不能死！不能！

扑通扑通！

我突然惊醒过来，立刻就在湖水中奋力挣扎，一边挣扎还一边朝着那两

只大白鹅尖叫："救……救我啦！我想看看王子！"

可是那两只大白鹅不知道是不是被岸上的王子给迷住了，居然没有一个听到我的话！

"啊，是王子殿下啊，多帅啊！"

"对啊，王子殿下无论什么时候，都是那样迷人啊……"

晕倒！原来在童话世界里，女生们也同样会犯花痴的啊！一被帅气的男生吸引了目光，就完全忘记了同性的朋友！刚刚还围着我叫公主呢，现在居然连我都快淹死了，也连头都不回一下！

"啊……救命啊……救……"

咕噜噜！咕噜噜！

我一张嘴，湖水就大口大口地冲进我的肚子里，完了完了……难道今天，真的要死翘翘在这里了？难道童话中的奥杰塔公主，会在还没有见到心爱的王子之前，就先被湖水给灌死了？！咕噜噜……咕噜噜……

"殿下，你快看，那只头戴皇冠的天鹅怎么了？"

猛然间，岸上的马蹄声突然停止了，似乎还有人惊讶地大叫了一声。

嗯？难道是在说我吗？可是……可是我已经快要被淹死了……可怜的奥杰塔公主啊，我对不起你……

就当我以为自己真的要成为世界上第一只被湖水淹死的天鹅时，不知道从哪里突然伸过来一双大手，一下子就把快要沉到湖底的我从水里捞了出来！

哗啦啦！

冰冷的湖水退去，温暖的手掌捧住了我的身体……

啊，好温暖的感觉啊，就像是春风，又像是夏雨，那样温暖，那样清爽。被这样的双手拥抱着，似乎连整个世界都要消失了，除了这双这样温暖的、让人心动的大手。

我有些惊魂未定地抬起头，张开我那双还算圆的"鹅眼"……

可是，可是就当我抬头望去的时候，整个人，不对，是整个鹅都顿时惊呆在那里！

好帅！好迷人！好完美！好动人的一张脸孔啊！

亚麻色的中长发，卷卷地披在他的肩上，雕塑般轮廓分明的脸颊上，眼窝那样迷人地深陷，鼻梁那样迷人地直挺，嘴唇那样动人地红润！最让人移不开视线的是，他竟然也像那个 ET 小帅哥一样，拥有着一双像浅蓝色水晶一样的迷人眼睛！就像是大海一样蔚蓝，就像是天空一样清澈！虽然只是那样微低着头望着我，但是从那迷人的蔚蓝色中散发出来的浅浅光芒，竟然会带着那样温暖淡然的感觉……就像是春日里的春风，吹开了我的一汪心湖……

金色的夕阳映在他的额头上，压住亚麻色长发的金色皇冠绽出璀璨无比的光芒！

啊，难道他就是——

"齐可夫里德王子殿下！"旁边突然有人开口，"您在做什么？王子殿下？"

齐可夫里德王子殿下！

真的，真的，他真的……

"我很好，宾鲁。我只是想要救这只天鹅。"红润的嘴唇突然微微地掀起，那低沉迷人的男低音立刻就飘了出来。

哇哇！他真的是我梦想中的王子殿下！而且是最出名的那部童话《天鹅湖》中的齐可夫里德王子殿下！天啊天啊，难道上帝老天菩萨神仙们都听到我的祈祷了吗？竟然真的让我见到了梦想中的那位王子殿下！而且真的一如童话中所说的，长得那样的英俊，那样的迷人，连说话的声音，都是那样的温暖动人！

啊啊！我完了我完了！咣当！我的"鹅眼"一闭，真的晕倒在齐可夫里德王子的手中。

别说只是晕倒，就算是真的死在他的手里，我也心甘情愿啊！

不过我只是说说啦，没有真的想要死掉。见到了这么帅、这么迷人的王子殿下，谁还舍得去死呢？别说让我变成天鹅，就算变成青蛙我也认啦！王子啊，真的是童话里，梦中的王子啊……

"你还好吗？怎么你的头上也戴着皇冠呢？难道你也是天鹅中的公主吗？好可怜，我们两个是一样的呢。可是，你还可以自由地在湖中起舞，但是我却必须被关在那个像牢笼一样的皇宫中，变成我最不想变成的人。天鹅公主，你能想象得到我的痛苦吗？"

不知道什么时候，我突然被一阵迷人的声音给吵醒了。其实本来就不过是晕了一下下，所以当我清醒过来的时候，发现自己竟然躺在一棵大树下面，而那位迷人的王子，正坐在我的身边。

他的侧脸真的很完美啊！就像是雕塑家雕刻出来的一样，曲线那样完美，表情那样迷人。他长长而浓密的睫毛在微风中扇动着，那双像蓝宝石一样迷人的瞳眸里，散发着忧伤和郁郁寡欢的光芒。

啊……他的眼睛居然和那个我最讨厌的男生是同样的颜色，但为什么……为什么竟然会有这么截然不同的感觉？那个家伙看起来那么淘气和爽朗，而王子看起来却这么忧伤和迷茫，我的心都微微地抽痛了。

看着他这样的表情，我也忍不住有些难过，连忙从草地上爬起来，摇摇摆摆地走到他的面前。

他微微地低下头，刚刚好看到我："天鹅公主，你醒了？"

齐可夫里德王子那张帅气的脸孔上，立刻就浮现出温暖的笑意。

啊啊……这笑容……真迷人啊！简直就像是杀人的武器！无论谁见到的话，都会被迷得七荤八素吧！啊，不对，我现在不能光顾着犯花痴，我要好好安慰一下王子啊！

想到这里，我张开嘴巴就想要说话："王子殿下，我……"

可是当我一张开嘴巴，才突然发现，自己说出来的话，竟然全都变成了"呱呱"！

晕倒！差点就再一次倒地不起了，我居然忘记了，我现在还只是一只大白鹅，根本就没有办法开口讲人话啊！齐可夫里德王子虽然救了我，但是在他的眼睛里，我依然还只是一只天鹅啊！

"你怎么了？是不是还是不舒服？"王子看着眼前焦急的我，"难道是刚才受伤了吗？不过真的很奇怪，怎么天鹅还会溺水呢？"

啊！我的天哪！

我一听到齐可夫里德王子的这句话，羞得差点没有挖个地洞钻进去！他说的真的很对啊，我也从来没有见过天鹅会溺水的！可是关键是我不是那位美丽的奥杰塔公主啊，我只是一个爱做梦、爱童话、爱王子的平凡的陶蜜儿啊！

能够亲眼看到最喜欢的童话里的王子殿下，根本是我从来没有想到的事情啊。

"不过，没关系。只要你没受伤就好了。"齐可夫里德王子的话语突然轻轻一转，那种体贴和温暖又再一次浮现出来，"说真的，我好羡慕你啊。美丽的天鹅公主，你至少还可以自由地在湖里和朋友起舞，但是我却要被永远关在那个皇宫中，成为我不想成为的国王，娶我不喜欢的女生。我真的很不喜欢这种生活，我真的很不想成为别人的棋子，难道我除了是王子殿下，就不能成为真正的齐可夫里德吗？"

王子的声音突然微微地提高了，他那双迷人的碧蓝色的眼睛里，突然漾起了波浪一样的泪花。

看着他这样的表情，我的心也忍不住跟着微微地一痛。

好伤心的王子啊，好难过的王子啊，好让人心痛的王子啊……

"如果可能，把我一起带走吧！就算和你一样成为天鹅也没关系，只要我是自由的，只要我能和你一样，能够和自己心爱的人相遇……"他的声音突然哽咽了，仿佛有泪珠，真的从那双迷人的眼睛里流了出来。

啊，王子，不要哭啊！不要……

可是，我没有办法安慰他，我没有办法开口。只有夕阳西下，我才可以变成人形；只有夜幕降临，我才可以摆脱那个魔咒！

可是，我突然发现映在王子皇冠上的那缕金色的阳光正渐渐地暗淡下去，天边的夕阳已经开始慢慢地下滑，赤红色的晚霞映红了整片西方的天空，夜幕就要降临了。

Vol. 4 变身！四小天鹅

夜幕就要降临了！

魔咒失效的时间就快要来临了。

"公主，快走啊！变身的时间就要到了！"湖里的白天鹅们突然都朝着我尖叫起来，那些"呱呱"的声音虽然王子殿下听不懂，但是却也能感受到它们的急迫。

"怎么了？发生什么事情了吗？"王子殿下朝着湖里的那些天鹅们张望，"难道你们也要离开我了吗？"

啊……这一句话，这一句充满温暖和伤感的话，却仿佛把我的心都抽痛了。

难道我真的要跟着天鹅们一起离开吗？难道真要把他一个人孤零零地丢在这个岸边吗？看着他那样哀伤的表情，看着他那样失望的眼睛，我的心里突然冒出一个大胆的想法。

"喂，姐妹们！"我朝着湖里的天鹅们突然大声地喊道，"我们帮帮王子吧！"

湖里的天鹅们听到我的声音后，都吃惊地转过头来望着我："公主？要怎么帮王子？"

看到它们惊讶的表情，我有些得意地晃一晃我头上的那顶小皇冠："放心，只要交给我就好！不过你们都要听我的指挥！"

"可是公主，夜晚马上就要来临了，我们就要变成人形了！"好奇鹅连忙提醒我。

"这个我知道！"我回头望了一眼还坐在岸边的王子殿下，突然勇敢地朝湖水中冲了过去！

我知道我就快要变身了，但是我希望能带给他快乐。我真的不想看到他那么忧郁的表情，真想看到他温暖而真心的笑容……齐可夫里德王子，请你等着我！

扑通！

我勇敢地跳进了冰冷的湖水里，朝着那些天鹅们大叫一声："姐妹们，我们走！我们现在去变身吧！"

夕阳终于落下，连赤红的晚霞都只剩下了一片模模糊糊的红。树林里开始安静下来，湖面上的天鹅都跟着我朝着湖水的另一处岸边游去……

我一边用力地用脚踩着水，一边回头张望着他的方向。

他孤单单地坐在岸边草地上，落寞的身影被暗淡下来的夜色拉得很长很长，他有些忧郁地望着我们离去的方向，似乎在为我们就这样远远地离他而去而忧伤。

再等一下吧，齐可夫里德王子，再等一下吧！

我随着那群美丽的白天鹅，终于游到了湖岸边的一处树林深处，这里就是大家可以变身的地方！夕阳已经整个落了下去，树林里开始飘散起淡淡的薄雾……突然间，我只觉得自己的身体微微地一暖，好像是有万道银光突然从

我的身上闪了出来！白色的羽毛就这样慢慢绽开，变成了那样华美，闪动着星星一般光芒的白色衣裙！

我从湖水里踏上岸来，本来只是一只白色天鹅的我，却在这一刻，真的变成了穿着华美衣裙、戴着金色皇冠的奥杰塔公主！

身后的天鹅们也一只接一只地走上来，一个个漂亮的女生在我的身后出现。她们的年纪似乎和我差不多大，像是奥杰塔公主的侍女们。看着她们一个个走上岸来整理着自己的衣裙，我刚刚的那个想法立刻又兴奋地跳出来！

"可爱的姑娘们，我们去帮王子寻找快乐吧！"我兴奋地朝着她们拍手，脸上满是开心的表情。

侍女们都奇怪地看着我："公主，你怎么了？去帮王子？不会吧，你以前不是总是在躲着他吗？"

"那是以前，可是现在，我不这样想了！我想看到他快乐的笑容，我想让他不再这样忧郁！快来吧！"我不由分说地一把就抓住了那些小丫头们的手。

"可是要做什么啊？"好奇侍女和微笑侍女被我拖着就向前走，一边走还一边吃惊地大叫着。

"当然是来做我们华丽的变身！"我很帅气地用手指打了个响指，"来吧，四小天鹅舞！"

"什么？！"

好奇侍女和微笑侍女被我吓坏了，两个人眼睛圆睁，表情就像是吃了樱桃被卡住了一样。

"怎么，不会跳吗？我也不会。"我笑眯眯对着她们两个说，"不过，没吃过猪肉还没有看过猪跑吗？芭蕾舞剧总是有看过的吧！今天，我们就来跳这个好了！啊，对了，还少一个人，再来一个吧！"

我越说越兴奋，伸手又从后面拉过来一个小侍女。

"公主，你还好吧？"

"公主是不是疯了啊？"

好奇侍女和微笑侍女被我弄得简直要晕倒了。

"当然没有！"我信心十足地对着她们微笑，"既然来到这样美丽的童话中，我又怎么可能疯掉呢？奥杰塔公主和齐可夫里德王子的故事，可是被千古传唱的优美传说，只不过今天就让我来给大家看一个不一样的奥杰塔公主！音乐……来吧！"

我兴奋地朝着她们大叫着，没想到柴可夫斯基的《四小天鹅舞曲》，真的就这样悠扬地响了起来。

啊，果然是童话啊！多么美好的童话！

那么，就不要浪费这么优美的乐曲，大家一起来华丽地变身吧！四小天鹅舞！

我兴奋地拉住她们三个，伴着那优美的乐曲声，从树林里一边舞蹈一边朝着齐可夫里德王子的方向跳去。

"一二三、二二三、三二三……"我一边微笑，一边喊着拍子。

坐在岸边一脸忧伤的齐可夫里德王子，似乎也被我们的声音给惊动了。他微微地转过头来，碧蓝色的眸子里，倒映出我们四个穿着漂亮的白色小短裙、跳着欢快舞步的小女生，就那样笑盈盈地朝着他舞动而来……

他有些惊讶地瞪大了眼睛，那汪像海洋一样碧蓝的眸子里，透出异常吃惊的表情。

他诧异地张大了嘴巴，似乎无法相信，从树林的深处，竟然会突然出现跳着舞的我们。

嘻嘻，看着他那么惊讶的表情，连那抹蹙在他眉尖的忧伤也消失不见了，我不禁觉得心里甜滋滋的，好像自己真的做了什么天大的好事一样。我就是

不想看到他那么忧郁，就是不想看到他皱起的眉头，我只想他能快乐，只想他能真的变得幸福。

可是我一胡思乱想，就把拍子给喊错了："六二七……七二八……"

"公主，你在乱喊什么啊？"好奇侍女立刻大叫起来。

"是七二八啊！"微笑侍女跟着大叫。

"啊！公主，你踩到我的脚了！"另一位小侍女一声惨叫！

啊啊？什么，我喊错了吗？七二八不对吗？要不是七七四十九？！啊啊，完了，这是什么乱七八糟的啊！还有，我怎么……怎么踩到别人了啊？不会吧！

"啊，对不起！我不是故意的！"我慌忙向那个小侍女道歉，焦急地想要撤回自己的脚，却没有想到被其他人伸过来的脚尖猛地一绊！

"啊……啊！"

扑通！完了完了，这下可惨了！别说跳什么四小天鹅了，可怜的我……竟然就这样脸孔朝下，硬生生地跌倒在齐可夫里德王子的脚下！

青青的草地和厚厚的落叶把我的小脸整个埋了起来，这一下，可真的算是摔了个"狗啃泥"了！呜呜呜……美丽无比、又温柔又优雅的奥杰塔公主啊，我实在……实在是对不起您啊！我……真的把您这位美丽公主的脸都给丢光光了！

"公主！你没事吧？"

"公主……树叶是不能吃的！"

"公主……你这个……这个是不是就叫做'狗吃……'"

"不许说！"啊啊！我还趴在地上呢，那群小侍女不仅不快点过来扶我，居然还在那里说风凉话！连"狗吃X"都快说出来了！啊，伟大的奥杰塔公主，实在不是我陶蜜儿丢你的脸，而是你平时对这群小丫头太好了！居然敢这样说公主……呜呜呜……

"哈哈哈哈！"

但是意料之外的，我突然听到一阵非常爽朗的笑声。

那笑声那么清脆迷人，好像真的是发自肺腑、从心底里真诚地溢出来的笑声。

啊，难道……难道是……王子在笑吗？

我有些吃惊地抬起头，竟然是真的……真的看到齐可夫里德王子站在我的面前。他穿着华丽的蓝色呢制王子装，白色修长的王子裤，英俊无比的脸孔上绽放着明媚而灿烂的笑容，甚至连他那双漂亮的浅蓝色眼睛，都弯成了笑眯眯的月牙一般的形状。他抿着嘴唇想忍住，笑容却禁不住在他的唇边绽放，我甚至觉得他的脸颊上，都快要浮现出两湾浅浅的酒窝了……

"你们跳的舞真可爱，我在皇宫里从来没有见过这样的舞蹈。"他一边微笑着，一边对我伸出手指，"我是齐可夫里德，我可以扶你起来吗？"

哇哇哇！好迷人的声音，好迷人的笑容，跟刚才在岸边的忧郁王子完全不同，他的笑容那样美丽，那样动人！我好喜欢看他这样的微笑，好喜欢看他这样的表情。

齐可夫里德王子，虽然摔得那么惨，但我情愿换来你这样开心的样子。

我看着他那双迷人的眼睛，像是失了神般握住了他那双白皙而又修长的手，一抹微凉却非常舒适的感觉，立刻就在我的掌心微微地漾开。

Vol. 5 蜜儿版天鹅公主

"我是齐可夫里德，请问你是……"他握着我的手，把我轻轻地从地上扶了起来。

我被那迷人的蓝色眼睛给迷住了，望着他浅浅微笑的脸孔，几乎忘了该怎

么回答。可是好奇怪，王子那样英俊和迷人，完全就像是童话书中写的一样，穿着宝蓝色的呢制制服，有金色的丝穗从他的肩膀上一直垂到胸前，白色修长的直筒裤子，再配上一双又挺拔又帅气的牛仔靴……亚麻色的长发被压在金色的皇冠下面，真的很英俊，很迷人……

可是，偏偏就是这样浅笑着的王子，却让我突然生出一种莫名其妙的熟悉感觉，仿佛在什么地方，曾经看到过这样的笑容，连那双漂亮的浅蓝色眼睛，都依稀仿佛……

"你刚刚跳的舞真可爱，那是什么舞步？"他又开口问我。

有些恍惚的我蓦地从"花痴"中清醒过来，连忙回答道："那个……是芭蕾舞。有一部很出名的舞剧，叫做《天鹅湖》。"

"天鹅湖？真美的名字。"王子殿下抿起嘴唇轻轻地赞叹着，"那么，我可不可以也请你和我一起跳一支舞？"

啊啊，我没有听错吧？王子竟然……邀我共舞耶！这简直是做梦都不可能梦到的事情，谁能相信我竟然可以和童话中的齐可夫里德王子共舞？而且还在这么优美迷人的天鹅湖边，在这么多美丽的侍女们的陪伴下……

音乐声不知道又突然从哪里轻轻地传了过来，这一次不再是欢快的《四小天鹅组曲》，而是变成了柴可夫斯基的《天鹅湖》中，王子与天鹅公主共舞的那一段轻盈而优雅的舞曲……

王子轻轻向前跨了一步，他的左手温柔地握着我的右手，右手却缓缓地环住我的腰部，就像是被温暖的春风拂过一样，我被他慢慢地揽入了怀中。一股带着青草般味道的香气立刻就从他的身上传了过来，那样温暖、清爽、迷人……

啊……我都快要醉倒了。这真的就像是童话啊，帅气的王子，美丽的天鹅公主……如果真的可以永远这样下去就好了，如果可以永远都在王子的怀抱中就好了……这是只属于我的《天鹅湖》，这是只属于我的齐可夫里德王子。

音乐悠扬地荡漾，渐渐安静下来的树林里，偶尔传来一两声轻轻的鸟鸣。湖面上的水汽袅袅飘拂，湖岸上的杨柳随风摇摆……岸上的花朵都悄悄地绽放了，湖里的小鱼也偷偷地探出了小脑袋，树枝上的鸟儿叽叽喳喳地挤在一起不肯睡去，小松鼠、小兔子都从树洞里钻了出来……

他握着我的手，在草地上轻轻地旋转，我的白色的裙裾就像是湖面上漾开的涟漪，一圈又一圈，一层又一层……

"如果可以……永远和你这样共舞……"

"如果可以……永远留在这天鹅湖边……"

"如果可以……"

侍女们在旁边轻轻地吟唱，他轻揽着我在草地上不停地舞动……我觉得自己简直快要变成夏夜里的冰淇淋，快要被这温暖融化……

啊，如果可以……永远不要让我醒来吧！

"这顶皇冠……"他站在我的身前，高大的身躯能看到我头上的那顶小小的皇冠，"这顶皇冠好像是刚刚的天鹅公主头上的那一顶，难道……"

他低下头来，好像有些吃惊地望着我。

被他碧蓝色的眼睛这样凝视，我不禁觉得有些害羞，一朵红云立刻悄悄地浮上我的脸颊。

"没错，齐可夫里德王子殿下。"旁边的侍女们却突然替我开口了，"她就是天鹅公主奥杰塔，只不过我们都被坏人施了魔咒，所以白天都要变成天鹅的样子，直到太阳落下，才能变回人形。"

"啊？是真的吗？"王子有些难以置信地看着我。

"嗯。"我抬头看看他，却又立刻低下，"丛林里的坏魔法师杀死了我的父母，对我施了魔法，为了不让我和心爱的人相遇，他白天把我变成了天鹅，直到夜

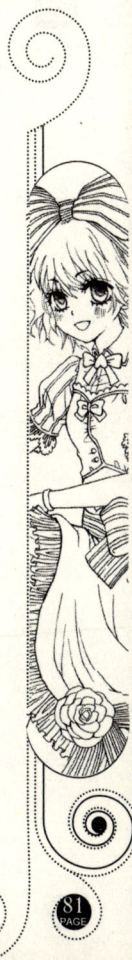

晚才能恢复人形。只有爱，才能解除那个可怕的魔法。"

"爱？！"他听到我的话，似乎微微吃了一惊。

他的表情让我觉得非常尴尬，我连忙低下头来，红着脸颊说道："对不起，齐可夫里德王子殿下，我不该跟您说这么多的。我只是不希望看到您那样忧郁地坐在湖岸边,只是希望您能真正地快乐起来。现在您已经笑了,所以我……"

我回头看了一眼那三位小侍女，她们也同时对我点点头。

"我该走了，王子殿下！"

我有些不好意思地从他的手中抽回自己的手，转身想跟着那些小侍女们离开。

可是没有想到，我竟没能从他的手中抽出自己的手。他紧紧地握着我的手腕，竟然是那样地用力。

"不要走！奥杰塔。"他低沉迷人的声音立刻传了过来，第一次叫出"我"的名字。

虽然他叫的不是陶蜜儿，但是听到他叫着天鹅公主的名字，我的心里也同样跟着热热地一暖。啊，多么幸福的奥杰塔公主啊！可以与这样的王子相遇、相爱……我真的好羡慕她，不，现在我真的好羡慕我自己。

我终于知道那两位在电影院前迎接我的姐姐所说的话了——"要好好珍惜这样的机会。"这个机会，就是上天赐给我的，让我体验同真正的公主一样美丽生活的"机会"。啊，万能的神啊……我真诚地感激您！

"不要走，奥杰塔。"他拉着我的手，淡蓝色的眸子里，那种淡淡的忧伤又蔓延了开来，"如果你就这样离开了，我不知道……以后还可以见到你吗？是不是还可以看到你跳的那种天鹅舞？我真的很感谢你的出现，因为是你让我知道，这个世界上，还有快乐。"

啊……他的这句话让我的心微微地颤抖了一下。

虽然刚刚真的摔得很丑，差点都要"狗吃X"了，但是却换来了王子那么快乐的笑容，我想也真的值得了。虽然陶蜜儿版的"天鹅公主"，是以狗啃泥的状态和王子殿下相遇的，但是陶蜜儿版本的"奥杰塔公主"，却同样给王子带来了快乐和幸福，不是吗？

　　"谢谢你，王子殿下。虽然我刚刚摔得很丑，但是听到您这样的话，我真的很开心。"我对着他笑了起来，"如果可以的话，我也真的很想每天都给你跳可爱的舞……不过现在，我真的要走了。不然等那个坏魔法师回来，我们这些姐妹们都要遭殃了。所以……再见了，王子殿下！"

　　我笑眯眯地对着他挥手，虽然只是一次很短暂的见面，但真的好想……永远留在他的身边啊……

　　呜呜呜……王子啊，您干吗没事长这么帅呢？害得我真的真的好舍不得离开你啊……我真的……

　　"啊啊啊！"

　　一边回头看着他，一边乱七八糟地想着心事，下场就是——一不小心，我被树根绊了个很大的趔趄！更倒霉的是，我竟然一头就朝着湖水扎了过去，眼看就要跌进湖中了！完了完了，我真是史上最爱出糗的天鹅公主啊！

　　"奥杰塔，小心！"

　　突然间，一只微凉的手一下子握住了我的手腕，就在我快要和湖水亲吻的时候，他却一把捞起了我。

　　我的身体就像画了个圆弧一样停在了水面上，因为他的胳膊，已经紧紧地拥抱住了我……天啊，谁有摄影机啊？谁有数码相机啊？又或者谁有带摄像机的手机！快点把这一幕给我拍下来吧！我，最爱做梦的陶蜜儿，竟然被梦想中的王子给紧紧地抱在了怀中！

　　他英俊迷人的脸孔就在我的眼前，他闪烁着浅蓝色光芒的眼睛正直视

着我……

我……我快要死了……我快要被融化了……真的……

就在这个瞬间，树林里突然传来翅膀扇动的声音，接着是一声非常凄厉的尖叫声——

"唔呱呱……"

一只仿佛笼罩着黑色乌云般的猫头鹰从树林里直飞了出来！

啊！不好！那个……那个好像是坏魔法师！

"齐可夫里德，小心啊！"我吃惊地大叫一声！

可刹那间，一道黑色的光芒立刻就朝着我们射了过来！

"啊——奥杰塔公主！"

"啊——齐可夫里德王子殿下！"

两声同样的惨叫响起。浓浓的黑色乌云中，我仿佛感觉到那只紧紧握住我的手，就那样突然消失了……消失了……

4

章节

这个世界没有王子

Prince can't exist

Vol. 1 豌豆王子

"啊啊啊……齐可夫里德王子殿下！"我惊叫一声，突然猛地睁开眼睛！

咚！惊慌失措的我一睁开眼睛就急速地起身，谁知道还没有看清眼前有什么东西，我就狠狠地、用力地一头撞上了一"块"硬硬的"木头"！

"啊，我的头！"我捂着额头惨叫。

"啊，我的鼻子！"有人也跟着我惨叫。

可是这声音怎么听起来那么熟悉？好像……好像是……我惊讶地抬起头，立刻就看到坐在我床边的地毯上，捂着鼻子正在哇哇惨叫的……千皓辰！

"呀，千皓辰！你……你在干什么？！"我吃惊地对着那个男生大叫。

"喂，小桃子！你……你又在干什么？"他捂着好像是被我撞到的鼻子，有些酸溜溜地回答。

"我……我刚才在……"我一时有些恍惚，想不起自己刚刚干了什么。

啊，对了，我刚刚不是在那间童话电影院里吗？而且好像是穿越到了那个优美的童话里，成为传说中最优雅的天鹅公主奥杰塔……虽然很丢脸地在王子面前跳了一段乱七八糟的四小天鹅舞，但是当我和齐可夫里德王子在湖边共舞的时候，那种浪漫的感觉真的好让我心动……

"啊，小桃子，你脸红了。"千皓辰突然凑到我的身边来，手指直指着我的小脸蛋，"你刚刚在喊什么王子……难道……你做春梦了？！"

咣当！我被这家伙的一句话说得从床上连人带被子滚了下来！

这，这个臭男生！到底在乱讲什么啊！居然问一个女孩子是不是……做春梦了？！天啊！他简直不是 ET 帅哥，他完全是 ET 外星人啊！而且绝对不是来自银河系，是来自外太空的不明生物系！

"喂，千皓辰！我警告你不要太过分了！"我真是快要被他气死了，一骨碌从地上爬起来就直指着他的鼻子大喊道，"你怎么可以这样对女孩子说话？你懂不懂那个词的含义？春梦……我看你还了无痕呢！"

"我是真的'春梦了无痕'啊！"他居然认真地点点头，"因为我根本睡不着。"

晕倒！我被这家伙气得脸都快要抽筋了，这个男生根本听不出好赖话的吗？居然还接我的口。可是刚刚我不是在那个水晶宫一般的电影院里吗？怎么现在居然回到自己房间里来了？难道真的像这个家伙所说的一样，只是做了一个美丽无比的梦？！

"小桃子，我真的睡不着，你们家客房里的床真的很硬，好像有什么东西在床垫下面，硌得我都睡不着。"千皓辰趴在我的床边上，像螃蟹一样伸长他的"大爪子"，"还是你的床比较舒服，不如，我们一起睡吧！"

噼里啪啦！轰！

这一次我不是被这个家伙气得摔倒，而是被他的话气得炸成四分五裂！他到底知不知道自己在说什么，居然要跟我一起睡？虽然我们两个都才十七、八岁，但也不再是七八岁的孩子了，男女授受不亲耶，怎么可以一起睡？！

"喂，千皓辰！你在乱说什么！什么我家客房的床垫下有东西，你当你自己是豌豆公主啊，放颗豆子就睡不着了？我的小床是只属于我一个人的，你不要妄想霸占！"我生气地对着那个家伙大声地说。

可我的话还没有说完，那个家伙早已经快我一步，飞速地掀开我的小被子，像鱼跃入水一般，嗖地一下跳上了我的床！

"哇，好暖和！好柔软！好舒服！还有香气呢……哇，小桃子，你连被子上都洒了水蜜桃香水吗？这味道真好闻，我在这里一定很快就可以睡着了！"那个臭小子跳上我的小床，霸占我的被子，还自说自话地把自己往被子里一蜷，

就像是只大虾米一样弓起身子闭上了眼睛！

天啊！天啊！

我实在是没有见过脸皮如此之厚的家伙了！居然就这样跳上人家女生的床？而且还霸占人家的被子？还闻什么香气……啊啊啊！千皓辰！我说你是从外星系来的真是太抬举你了，你简直就是从"厚脸皮星系"来的大怪物啊！

"喂，千皓辰！"我真是快要被他气炸了，气疯了，"你给我滚下来！这是我的床！快点！"

我真的生气了，小手一挥就朝着那个裹住我被子的家伙用力地抓去。他到底在乱搞什么啊，居然半夜跑到我的房间里来，还睡到我的床上，倘若被老妈看到……那……那就不是死定了那么简单了！

"你给我下来！你给我走开！"我一边尖叫着，一边伸手去拉他身上的被子。

可是那个家伙就像是和被子粘在了一起，整个人裹成了火腿蛋卷，无论我怎么用力，怎么使劲，他就是那样硬生生地裹着被子，扯也扯不开！啊啊啊！水蜜桃真的生气了！我就不相信，我会拉不开这个大坏蛋！

"啊啊啊！千皓辰！你给我快点滚出来！"我突然大叫一声，一脚踩住他的屁股，一手就朝着他头顶上的被子用力地扯去！就算我的小被子报销了，我也绝对绝对不要他睡在这里！

可是没想到，我才一脚用力地踩下去，千皓辰就忍不住地大笑起来！

"哈哈……啊哈哈哈……好痒，好痒啊！不要踩我的屁股……不要……"

他竟然连痒觉神经都和人家与众不同，别人都在肋部，他却长在屁股上！

他真的用力挣扎起来，本来伸手想要去掀被角的我，就在他剧烈的扭动之下，突然朝着床铺的另一边硬生生地撞了过去！

啊，不会这么惨吧！我的床铺的另一边，可是雪白雪白的墙壁啊！这么硬生生地跌过去，岂不是……岂不是要把我可爱的水蜜桃，撞成"开口笑"的蜜桃牌小水饺啦？！

"啊——"眼看着雪白雪白的墙壁距离我越来越近，完了！我尖叫一声，认命地闭上了自己的眼睛。

开口笑就开口笑吧！只是不要开得太难看呀！

咚！砰！我的额头硬生生地朝着墙壁撞了过去，但就在这个瞬间，我却听到了两种截然不同的撞击声。而且我的额头好像并没有撞得如想象中那么疼，反而好像……好像撞到了什么……软绵绵、肉乎乎的……

"啊……啊啊……好痛。"

低低的呻吟声却先我一步响了起来，我惊讶地张开眼睛，却发现，刚刚还死命蜷在我小床上的千皓辰，此时却正伸长了他结实的手臂，为我挡住了这一次重重的撞击！

可是他的手肘却像是重重地撞在了墙壁上，那张英俊而帅气的脸孔上，冷汗一颗颗地冒了出来。

天啊……不……不是吧？

刚刚……千皓辰竟然伸出了手，帮我挡去了这一次撞击？虽然明知道手臂挡在那里，会撞得非常非常痛，但他却依然伸出了手？怎么可能？这个只会恶作剧、只会欺负我的家伙，怎么可能会……做出这样的举动？！

难道是我又在做梦了？还是……幻觉？！

"千……千皓辰，你……你干什么啊？"我看着他痛楚的样子，居然傻乎乎地开口问道。

"帮你挡住啊……"千皓辰痛得连眉毛都拧了起来，"难道要眼睁睁地看着你撞上去吗？小桃子本来就已经够笨了，谁知道这么重地撞一下，会不会变成白痴！"

啊啊啊！我就知道，这个"狗嘴里永远吐不出象牙"来的家伙，就算他做

了多么伟大、多么令我感动的举动，但……但还是依然改不了他捉弄我的本色！

"啊，你这个臭男生，真的好讨厌！你才是白痴呢，本来刚刚有一点点感动，但是……现在没有了！痛，痛死你算了！"我生气地伸手就朝着他的手肘敲了一下。

"啊，别动啊，小桃子！真的很痛……真的……"他被我敲得连连惨叫，不由得转身就想逃走。

我岂肯放过这么好的捉弄他的机会，立刻伸过手就想去抓他，却没想到刚刚已经缠在我们两个中间的被子，这下更是绊住了我们的脚……

扑通！

后果就是……我们两个连人带被子，一起滚到了床下！

"啊……好痛！"

"啊……千皓辰，你真的好重！"

两声惨叫立刻同时响起。就在这个时候——

咣当！

我的房门突然被人从外面撞开了，而且伴着重重的脚步声和老妈极其严肃的声音——

"陶蜜儿！你半夜不睡觉又在乱搞什么？！再在这里胡蹦乱跳我就把你关……啊吓？！"老妈倒抽一口冷气，"陶蜜儿、千皓辰！你们两个在干什么？！"老妈的声音猛地提高了八度，几乎快要把我家的房顶都给震塌了！

但是现在，我宁肯真的变成像千皓辰一样的大虾米，快快地缩进我的壳壳里去！

老妈看到我们两个纠缠在一起的画面，一定气得头顶都快要冒烟了！

完了完了，陶蜜儿，你的死期到了！

Vol. 2 没有交往的我们

"你们两个到底知不知道在做什么？嗯？！"老妈严厉的声音，快要把我们两个的耳膜都给震破了。

我站在我家的客厅里，靠着墙壁挺直背，手里高举着一整盆清水。不能歪，也不能洒，更不能把身子弯起来，最最不能的就是把手里的清水给放下！这就是老妈的罚站大法！

啊……老妈到底是从哪里学来的这些体罚方法啊，我的胳膊啊，我的手都快要痛死啦！我就知道今天是别想逃过这一关了，看看老妈生气的样子，把我生吞活剥了都有可能。

"你们今年一个才十八一个才十七，怎么可以做出这样的事情？！别以为老爸上夜班，你们就可以在家里胡作非为，老妈的眼睛可是雪亮的！虽然说现在时代已经开放了，但是老妈还是不想你们那么小的年纪就交往！"老妈瞪了瞪眼睛，才把那两个字说出来，"蜜儿明年就要上高三了，现在谈恋爱怎么可以？还有皓辰，虽然你说记不起家住在什么地方了，但是我们让你住在这里，并不是希望你和我们女儿谈朋友的！"

扑哧！听到老妈这句话，我差点爆笑出声。

我第一次觉得老妈的唠叨这么好笑，居然说我们两个……谈朋友？老妈一向以火眼金睛自居，可是这一次也实在是看走眼太多了吧！我会和这个家伙交往？和他谈恋爱？别闹了！

这个又臭屁、又自大、又自恋、又脑子进水，像是外星球怪物的家伙……我会喜欢他？！才怪！虽然也算是个小帅哥，但是自从我们相遇之后，他对我的种种恶作剧，早已经把我心底他那张帅气无比的脸孔给完全抹杀了！只有那些"花痴"女生才会一看到这张脸就喜欢上他，现在就是倒贴给我钱，我也

不想和他在一起。

在我的心里，我最喜欢的，还是像童话电影院里遇到的那样的王子，优雅、迷人、温柔、体贴，是所有美少年的代名词，是所有少女们梦想里的终极目标。齐可夫里德王子啊……不知道什么时候才能再见到你，不知道你现在过得还好不好？

"喂！陶蜜儿！老妈在说话，你听到没有？又给我神游去了？！"老妈的尖叫声突然刺进我的耳朵里，把我狠狠地吓了一大跳。

"啊！没、没有啊！我……我在听呢。"我连忙回答。

可是很奇怪，我的手臂上突然感觉凉凉的，好像有水滴洒了下来……

我有些吃惊，连忙抬起头来。却发现站在我身边的千皓辰，正在拧着眉头帮我擎着那盆水。他的一只胳膊好像已经使不上力气了，水盆向旁边慢慢地歪过去，水滴正在从那边洒落出来。

啊，对了！刚刚他为了保护我撞到了胳膊。难道……真的那么疼吗？好像都快坚持不住了？我清楚地看到汗珠在他的额头上闪烁。

"老妈！"不知道为什么，我突然心急地开口，"老妈，今天就不要罚我们端水了，要不……还是把我关起来吧！"

好奇怪，我疯了吗？竟然主动要求老妈再把我关进那黑漆漆的浴室里？我以前可是最最讨厌那个地方的！可是……当看着千皓辰咬着牙、冒着冷汗还在坚持的样子，我的心突然就那样不听话地微微地一动……

"什么？你说你想要被关进去？！"老妈似乎也没预料到我会提出这样的要求，她有些吃惊地瞪着我。

"不要，阿姨！"可是还没等我开口，千皓辰就突然就挡在了我的前面，"阿姨，小桃子是说把我关进去吧！是我睡不着，才私自跑到她的房间里去的，如果要关的话，应该关我！是我做错了！"

咦——咦?! 千皓辰的这句话，可是让我和老妈都大大地吃了一惊!

不会吧，这家伙发烧了? 手痛得连头脑都不清了? 居然主动要求被关进浴室里去? 他没病吧! 我是要老妈来关我耶，关他什么事?!

老妈很是惊诧地看着我们两个: "天啊，你们还说没有在交往?! 现在你们是在相互保护吧? 是吧?!"

什么?! 我……我和他在……相互保护?! 听到老妈的这句话，我们两个也怔住了，同时转过脸去，同时瞪大了眼睛看着彼此。

他那双飘着淡淡蓝色薄雾的眼睛，闪着那样迷人的光芒，居然……居然真的让人有点心动的感觉……

"是的!"

"不是!"

两个完全不同的声音同时响了起来。

一个是千皓辰的答案，一个是我的答案!

可是……这个家伙居然说了"是的"! 他到底想要怎样啊，难道真的想把老妈给气疯吗? 不要再搞笑了，我怎么会保护他，他又怎么会保护我!

"千皓辰!" 我着急地大叫起来，难道他一定想要整死我吗?

"够了!" 老妈果然被我们两个气晕了，"蜜儿，你给我回你的房间去! 皓辰，你去浴室里! 明天老爸没有回来之前，谁都不可以出来! 天啊，你们这些孩子，实在是发展得太快了吧! 啊……我的头……完了，血压都升高了!"

老妈真的生气了，"砰砰"两声，就把我们两个给硬生生地关了起来!

我，被反锁在卧室里。他，被反锁在浴室中。天啊……这……这……到底是怎么一回事啊?

我一屁股跌坐在自己的小床里，感觉事情简直乱得一团糟。刚刚明明还在那个美丽的童话中，怎么转眼之间，就变成我们两个分别被关? 而且老妈

居然还肯定地说，我们在交往！

我怎么可能和那个外星人交往！被他气死还差不多……他比起齐可夫里德王子不知道差了多少倍，虽然同样是帅帅的男生，虽然他真的救了我两次，而且手臂受了伤还主动提出要代替我被关浴室，可是……

啊，我忘记告诉老妈，他手臂受伤了呀！如果这么被关一夜的话……岂不是……

我蓦地从自己的小床上跳了下来。

可是……我……我现在……居然真的在关心那个家伙？！不……不会吧！我怎么会关心他？才不会呢！明明是那个家伙的错，明明是他跑来我的房间，被关也怪他自己，和我无关！无关呀！

不知道为什么，我的脑袋里突然乱成一团糨糊。我伸手扯过自己的小被子，把头用力地埋了进去。好奇怪，被子上居然泛着淡淡的青草般的香味，好像那个家伙身上的味道……

我的脸颊立刻涨红了。呀！陶蜜儿，你在胡思乱想什么啊！不要想，不要想啦！就让那个家伙吃点苦头好了，现在我要睡觉！睡觉啊！

一夜就这样过去了……

我居然完全没有睡着！脑子里翻来覆去想的竟然都是那个家伙在黑漆漆的浴室里疼痛的样子，耳边甚至还能听到他低低的呻吟……

"小桃子……好痛啊……小桃子……真的好痛啊……小桃子……"

啊啊，不行，不能再睡了！我要去看看那个家伙，虽然对他没有什么好感，但是一想到他昨天是为了救我才撞伤的，我还是觉得心里有些过意不去。

趁着老妈去买早餐，我还是快点下楼去浴室里看看他吧。

说做就做，我一骨碌就从床上爬了起来，跑到门边，试着拉了拉门，竟然开了！看来老妈出去之前已经把锁打开了。我朝着楼下的浴室跑去，屋子里一片寂静，我三步两步就跑到浴室的门口，把小耳朵贴在浴室的门上。

安静……真的像"死"一般地寂静。

啊，呸呸呸！我……我都在乱想什么啊！那个家伙就算受了伤，也不过是疼一下而已嘛……我还是快点想办法把他救出来吧！我赶紧从客厅里找到浴室门的钥匙，着急地把浴室门锁打了开来。

吱呀——

房门被轻轻地推开了。

漆黑一片的浴室非常非常寂静，好像这间屋子里，没有任何人一样。可是突然间，浴室的门后倏地闪出一个白色的人影！

白白的衣服，白白的脸蛋，红红的眼睛，伸长的舌头！最可怕的是，还有一截空空的白色袖管，正在悬空飘荡！

"小桃子！我死得好惨啊！还我的胳膊来！"那个身影突然开始说话了，而且还用着非常可怕的声音！

哇！

"鬼呀！"我吓得血压立刻直升到378，想要转身逃跑，可双腿却完全失去了逃走的能力！

咣当！

我就这样狼狈无比地、直直地仰面倒下！

Vol. 3 这个世界没有王子！

我绝对绝对不会原谅他的！

那个叫千皓辰的家伙！那个简直是从外星系"飘"来的特殊怪物！满脑子都只有恶作剧，完全辜负了他妈妈遗传给他的那张漂亮脸蛋！

我好心好意地一大早就跑去救他，可是那个家伙倒好，居然穿着老爸的浴袍，还特别抽出了一只衣袖，装成少了一只胳膊的"男鬼"！整夜没睡的眼睛就像兔子一样红，再加上他故意伸得长长的舌头，差点把我的七魂都吓飞了四个啊！

更可气的是，就在我仰面朝天地倒在那个臭家伙面前时，谁知道他竟突然蹦出一句："啊……小桃子，你的小苹果露出来啦！"

因为我今天早上穿的是青苹果图案的小内裤，所以当这个家伙喊出这一句的时候，我真的真的……好想把我的蜜桃神拳朝他的脸用力地挥过去！

他到底是什么大怪物啊，怎么可以这样对待我！如果说昨天晚上我还心有愧疚的话，那么今天早上完全就被这一出恶作剧给气得跑光光了！这个臭男生，根本不可以对他好上一点点，因为在他的心里，绝对绝对不懂得什么叫忧伤、烦恼、温柔……他根本就是一个大怪物，超级超级的大怪物啊！

"我绝对不会原谅他的！"越想越生气，我啪的一下把手中的童话书一甩，气得站起身来就大叫出声！

咻——

整间喧闹的教室立刻就安静下来，几乎所有的同学都像被施了定身术一般，全把怪异的目光投向我！

我……我……我刚才说了什么？而且，我好像忘记了……现在正在我们的教室里？！

"蜜儿，你怎么啦？"坐在我身边的珊雅，有些尴尬地拉拉我的衣袖，"你不要原谅谁啊？！"

啊，这一刻我才彻底清醒过来，脸颊上立刻飞起两朵红云，简直快要像晚霞一样燃烧起来……

"啊……我……我没怎样……大概，大概是昨晚没有睡好，所以……做了

Cinderella
蜜桃梦恋曲

看那缤纷的旗帜在城堡上空飘扬,
请你拉住我的手,
伴着魔法的号角, 与我一起徜徉童话王国!

个奇怪的梦吧。啊，哈哈哈……"我站在所有同学诧异的目光下，又害羞又尴尬地惨笑着。

看着这样让人哭笑不得的我，同学们勉强把目光移了回去，大家又继续打闹起来，剩下满脸通红的我，讷讷地坐回到自己的位子上。

"死千皓辰，都怪你！害得我又在班里出糗了！"我气得低声嘟囔，连最爱的童话书也看不下去了，有些挫败地趴倒在课桌上。

"你在说什么？蜜儿？"珊雅奇怪地在旁边看着我，"蜜儿，你怎么今天总是说一些奇怪的话？你看起来脸色不怎么好，昨晚没有睡好吗？"

"不是没睡好，是根本就没睡。"我灰心丧气地叹气道。

"没睡？为什么？又整夜看那些童话故事了？"珊雅不解地看着我。

"才没有呢，我现在要是有心情看童话还好呢，都是因为那个可恶的……"我小嘴飞快地说道，差点就把千皓辰的名字吐了出来。

我立刻就把后面的话给咽了回去。不行，不能让珊雅知道我们家里现在住了一个陌生的男生，不然她又不知道要怎么唠叨我了，肯定要说我童话看多了，又开始做白日梦！

我还是好好看我的童话书吧，我最爱的经典童话啊！《天鹅湖》、《海的女儿》、《白雪公主》……我一页一页地翻过去，眼前却回荡着童话电影院里，那个温柔又帅气的齐可夫里德王子的温暖笑容！唉，什么时候，才能让我真的遇到一位像他那样又温柔又体贴的王子呢？

就当我皱着眉头翻书的时候，不知道哪个女生突然喊了一声："哇，你们看，有一个超帅的男生正在我们年级的走廊上耶！"

这一句话简直就像是在平静的湖面上丢下了一颗小石子，班里的女生呼啦啦一下子全部都挤到了教室的窗户旁，还有一两个大胆的，干脆直接跑到教室外看去了！

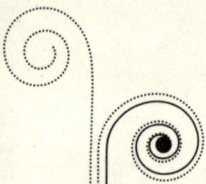

这个世界啊，色女永远都不改本性的！虽然我水蜜桃也算得上是小色女一个，不过我只爱那种英俊又温柔的王子，就像齐可夫里德王子殿下那样……

"哇！他真的好帅耶！是混血吧，眼睛是蓝色的！身材也很棒！"

"头发是亚麻色的耶！比染出来的还要漂亮！"

"简直是王子嘛！王子——"

众女生趴在窗台边发出一阵阵的怪叫，而走廊上的女生们居然把一个高大的男生给团团围了起来。

真是丢脸死了，这群花痴女就不能做点正常的事情吗？像我一样做做白日梦好了，干吗一个个都一副想要把人家生吞活剥了似的表情！

"蜜儿，你不去看吗？"珊雅坐在我的身边，疑惑不解地开口问道，"你不是最喜欢王子型的男生吗？怎么不和她们一起看？"

"林珊雅，难道你真的不了解我吗？我水蜜桃会是那么肤浅的人吗？我喜欢的是中世纪的王子，又怎么会是我们学校里的那些无聊的小男生！"我有些不满地攥拳。

"哇啊啊啊——"窗台边的女生们突然倒抽一口气，又大声尖叫起来。

我实在受不了了，突然站起身来，朝着那群花痴军团大喊道："喂，你们够了吧！不要再鬼叫了！现在哪有什么可以被称作王子的男生，不要随便捡个小混混就乱叫王子！"

我气定神闲地朝着那群女生一声大吼，真是受不了她们的叽叽喳喳。

但就是我这一声几乎快要冲破三楼楼顶的尖叫，却成功地令那群人瞬间安静了下来。

所有的女生都表情怪异地回过头来，仿佛跟我有深仇大恨似的，每个人的眼睛里都迸射出利箭一样的光芒，直直地盯着我这个被她们恨之入骨的家伙！有几个个子高大的女生甚至把袖子一撩，摆出一副想要痛扁我的表情。

我看着一群花痴女生们愤怒的表情，不由得用力咽了咽口水。不会吧，难道我就这样犯了众怒？而且还……

噼里啪啦！

刹那间，书本、文具盒、铅笔、橡皮、胶水、作业本、课外书，甚至连皮鞋、西红柿和苹果核都朝着我狂风暴雨一般狂砸过来！

哇哇哇！完了完了，真的把她们惹火了！

我吓得尖叫一声，立刻就抱头蹲下！

妈耶！花痴的力量是如此的巨大，我不过才说了一句话而已，至于这么暴力吗？同鞋（学）们哪，冲动可是魔鬼耶！是魔鬼！

可就当我被飞来的文具、书本砸得满头金星直冒的时候，突然有个白色的身影，就像箭一般，蓦地挡在了我的面前！那个人一边伸开双臂，帮我挡住那像狂风暴雨一般的文具、书本，一边大声地开口喊道：

"不要！不要再砸小桃子了！她说的没有错，这个世界上，根本没有什么王子！"

咣当咣当！

我清楚地听到书本砸在他脸上、身上的声音，也听清了那个帮我挡住"风暴"的低沉有力的男声！

呀，我不是又在做白日梦了吧？我……我不会是幻听了吗？为什么……为什么我竟然感觉到，站在我面前，帮我挡住所有风雨的……竟然是……千皓辰！

咚！

最后一只胶水瓶狠狠地砸中他的额头，那个高大的男生竟然猛地一下就朝着身后倒了下去！

"千皓辰！"我被他的动作吓了一大跳，连忙伸手用力地扶住了他！

那个家伙的脸上被砸出好几块红红紫紫的地方，整个人看起来非常虚弱，

他倒在我的怀中，微微地闭着眼睛，一边还低低地呻吟着：

"你们……你们不要欺负小桃子……她没有说错……这个……这个世界上……根本没有王子! 没有……没有……"

我被他虚弱的样子吓了一大跳，他昨晚伤到的胳膊，似乎还红肿着，连那张帅气的脸颊上，也挂着彩。

可是好奇怪，看着他这副狼狈的样子，我却没有觉得一丝好笑。如果是今天早晨他对我恶作剧的时候，看到他变得这么惨，我一定会拍手大笑的，可是现在……现在我却为什么一点儿也笑不出来? 看着他有些苍白的脸和没有血色的嘴唇，我的心竟然像被人紧紧揪住一样，隐隐约约地抽痛起来……

"千皓辰! 千皓辰你怎么了? 你还好吧?!"我心急地伸手捧住他的额头，用力地摇晃着他。

班里的女生都吃惊地看着我，好像谁也没有想到他会突然冲过来帮我挡住大家的攻击。

珊雅更是吃惊地跑到我的身边来，惊讶地叫着："蜜儿，你认识他吗? 你怎么会认识他?"

"珊雅!"我抬头看着好友，焦急得眉头都皱了起来，"我现在没有空解释，可是珊雅，你快点帮我看看，他怎么了? 是不是晕倒了?"

是因为昨天晚上受了太多苦，才被砸了两下就晕了过去吗?

珊雅诧异地盯着我们，表情好像很不可思议。

"珊雅，你快帮我看看啊? 他是不是受伤了?"我着急地扯扯好友的衣袖，又把目光转回到千皓辰的脸上，"喂，千皓辰，你醒醒啊! 你不要吓我，你还好吗? 是不是昨晚没有睡好? 你别装死啊……对不起，我刚刚不该说什么小混混，对不起啊……"

不知道为什么，看着他躺在我的怀里，那清秀的脸孔是那样的苍白，我突然想起那一次在医院里，我听到的他和老爸之间的对话。难道……他真的生病了吗？只是被砸了一下，怎么就会……

"千皓辰！千皓辰你醒一醒啊！千……"看着他一动不动的身子，我心里的不安在不停地扩大，我立刻将他放倒在地上，站起身就朝教室门口跑去，"不行，我去叫老师过来！"

"蜜儿，等一下！"珊雅对着我大声叫道。

"哈哈哈！"躺在地上的那个家伙突然爆发出爽朗的笑声，"小桃子，你又被骗了！哈哈哈！我的演技还不错吧？而且你刚刚在说什么？对不起？我没听错吧，原来小桃子也会说这三个字啊。哈哈哈！"

咣当！

还没有跑出教室大门的我，立刻就一头撞上了我们教室的门框！

千、皓、辰！

Vol. 4 甩掉 ET

"小桃子，你不要生气嘛！小桃子！"

我气呼呼地向前走着，根本不管跟在我身后不停聒噪着的那个男生。

他到底想要把我怎么气死才满意啊？居然当着班里所有同学的面装晕倒？当我看到他脸色苍白，着急得想要去找老师的时候，他居然睁开眼睛，对着我大笑出声？！千皓辰，你还不如真的晕倒算了！我宁愿看着你那张苍白的脸，也不想看到自己被你捉弄！难道我水蜜桃就真的这么好欺负吗？！

"小桃子，你真的生气啦？！"千皓辰不放弃地跟在我的身后，还伸手扯住我的衣袖，"别生气嘛，小桃子，我不是故意捉弄你的啦，刚刚我真的……"

"放开我啦！"我被他拉得火大，现在我们两个可是走在年级的楼梯上，

虽然不用回头看，但我也知道那些花痴女生肯定就跟在我们的身后！

"小桃子，你一定要这样吗？"千皓辰被我突如其来的怒火吓了一大跳，可怜巴巴地问我。

"你……"我有些生气地回过头，双手叉腰想要把这个家伙痛骂一顿。

谁知道才刚刚一转头，就看到他那副可怜兮兮的模样。那个表情活像是被主人抛弃了的小狗，那双漂亮的浅蓝色眸子里，不停地投射出哀求的光芒，那张红润的嘴唇也鼓鼓地嘟了起来。虽然是个高大帅气的男生，但是这副表情……还真是没有理由的帅气和可爱啊！

好奇怪，我刚刚想要开口骂出的话就这样被他的表情给弄得硬生生地吞了回去，手指着他英挺的鼻尖，不知道该说什么才好。

"千皓辰，我真是被你给打败了！而且我受够了你那些无休无止的恶作剧，再也不想和你玩下去了！拜托你，能不能成熟一点，能不能像个男生一样？你以为这样很好玩吗？！"

他被我训得有些莫名其妙，居然还若有所思般地点了点头："嗯，很好玩。"

听到这个家伙的话，我差点从楼梯上摔下去。

这个家伙到底是不是人类？难道真的是外星生物？！为什么我总有种对牛弹琴的感觉！

"千皓辰！我现在一点儿都不想再跟你说话，而且，我也懒得管你为什么会跑到我们学校里来。但是我警告你，从现在开始，不许靠近我，不许跟我说话，不许说你认识我，不许……"我指着他的鼻子，对他说了一连串的"不许"。

我每说一个"不许"，千皓辰的表情就暗淡一点，连从他那双漂亮的浅蓝色眼睛里迸出的光芒都开始渐渐地收敛下去，他委屈地撅起了嘴巴……

"小桃子……"

"啊，对了！绝对绝对不许的，就是再叫我'小桃子'！"我真的气坏了，朝着那个家伙用力地挥了挥拳，"不然，我就再让你尝尝我蜜桃神拳的滋味！"

"吓？！"那个男生被我挥起的小拳头吓得向后倒退了一步，帅气的脸孔上满是委屈。

"不要这样嘛，小桃子，我……"

"你还敢再叫我'小桃子'？！"我朝着他瞪圆眼睛。

"好嘛好嘛，我不再叫了，我叫你'水蜜桃'好不好？"

"'水蜜桃'也不准叫！从现在开始我们划清界限，我不认识你，你也不认识我！再见！"我凶巴巴地丢下一句话，转身就跑。

我可不想再被这个家伙粘住，他的 ET 脑袋实在是让我受不了！

后面居然没有传来那个家伙抗议的叫声，竟然就这样被我给顺利地溜掉了。哈哈，看来那个家伙也蛮怕我的嘛，被我说了几个"不许"，就真的乖乖地停步啦！

不过……他真的没有追来吗？我一口气跑到楼下之后，转身张望了一下。

啊，不对不对，水蜜桃，你干吗还回头张望呢？难道你真的希望那个家伙追上来吗？才不是呢，能把他甩得越远才越好呢！嗯，就是这样，没错！

我暗自攥紧拳头，决定不要再去想那个臭男生。马上就要到中饭时间了，我还是先去餐厅里看看今天有什么好吃的东西吧！

"蜜儿！"正当我在餐厅里捧着餐盘大吃特吃的时候，珊雅端着餐盘走了过来。

"一起吃吧。"我笑眯眯地对着她说道。

"你还吃得下？"珊雅坐在我的身边，"而且还买了两份鸡腿饭？"

"我饿嘛！"我伸手抓抓自己卷卷的长发，"而且我今天被那个家伙给气死了，只好用食物来发泄我的愤怒！"

"哪个家伙？"珊雅不解地咬着勺子，"啊，你是说那个叫千皓辰的男生？

奇怪，我好像在哪里见过他一样，总觉得他有些面熟。"

"干吗，你对他有兴趣？"我拿着勺子，大口大口地扒着我的鸡腿饭，"你有兴趣的话我就把他介绍给你，怎么样？不过我先警告你，那个家伙的脑袋是被ET人改装过的，没有人可以忍受得了他三天。如果你只看上他帅气的外表，我劝你还是打消这个念头吧！"

"你都在乱说什么啊，什么ET？我只是觉得他面熟而已，谁说对他有兴趣？我看应该是他对你有兴趣吧！"

噗——

我嘴里的鸡腿饭就像天女散花一样喷了出去，直喷了对面的珊雅一头一脸。

"喂，陶蜜儿！"珊雅被我气得大叫。

"啊，对不起对不起！"我连忙抽出面纸来帮珊雅擦，"我不是故意的啦，谁叫你突然说什么有兴趣……珊雅，你是不是今天忘记戴隐形眼镜了啊？你哪只眼睛看到他对我有兴趣啦？！"

"难道不是吗？"珊雅有些不太高兴地擦着自己身上的饭粒，"他又不在这所学校上课，却突然跑来找你，而且还在那么多同学面前帮你挡住飞来的文具、书本，还对所有人说你说的没错，这个世界没有王子。蜜儿，说真的，我还是第一次看到哪个男生这么在乎你呢！"

噗——

我嘴里的鸡腿饭差点再次喷射而出。

"咳咳！"我被呛得一阵剧烈地咳嗽，"珊雅，你不要搞笑了好不好？他会在乎我？真是笑话！那个家伙明明是想要捉弄我，才跑过来帮我挡着的！你以为他那么好心吗？真的为我挡文具和课本？我看他是想存心看我的笑话才对！"

"真的吗？"珊雅对着我摇头，"可是……刚刚他倒下来的时候，我真的看到他的脸色苍白，额头还有冷汗，好像还在微微发抖呢！你确定那是他装的吗？如果可以装得那么像，那演技也太好了吧！"

呃？好像……刚刚在他晕倒的时候，我的确感觉到他的手心有些冰凉，脸色也和平时很不同。可是在我第一次认识那个家伙的时候，他不也是这样在我家门前装晕倒的吗！还害得我被老妈关了禁闭……

"哈……哈哈！"我尴尬地笑笑，"你才知道吗？那个家伙的演技本来就非常了得的！别说晕倒，就算是装死他也会装得活灵活现的！而且他是个大男生耶，怎么会动不动就晕倒，他一定是装的，装的啦！"

"那可不一定。"珊雅的眉头突然皱了起来，"有很多疾病都是隐藏性的，只有定时才会发作。你老爸不就是研究这种病的吗，你怎么会不知道？"

"耶，你别乱说了。"我咬着勺子，心里却忍不住七上八下，"那个家伙身体好得很，才不会晕倒呢，他真的只是骗人啦！骗人！"

"算了，蜜儿，我看你还是不要吃饭了，去看看他吧！"珊雅突然抢过我的勺子，开始给我的两客鸡腿饭打包，"我刚刚过来时，看到他一个人坐在餐厅外面的草坪上，应该还没有吃饭。真的很可怜呢，你还是去安慰他一下吧！"

"啊？"珊雅的话让我大吃一惊，"我凭什么要去安慰他？我凭什么要把饭给他吃？珊雅……"

"好了，别说了，快去吧！"珊雅却什么都不管，伸手就把饭盒递给我，然后一下子把我推出了学校的餐厅。

晕倒，这到底又是唱的哪一出啊？居然饭都不让我吃，让我去安慰那个惹人生气的坏家伙？明明是他故意跑到学校里来找我麻烦的好不好，凭什么我还要买饭给他？

可是，当我低下头，看着自己手中的那两只饭盒时，也忍不住愣了一下。

平时饭量就不大的我，吃完一客鸡腿饭都已经很困难了，但是我今天竟然很奇怪地买了两客。难道在我的心底也隐隐约约地是为了……那个可怜兮兮的家伙吗？

我心不甘情不愿地朝着餐厅前的大草坪上望过去。

咦？珊雅不是说他就坐在餐厅前面的草坪上吗？可是，人呢？抿着嘴巴四下张望，我终于在草坪旁边的一棵大树下，发现了一个孤单的身影。

啊，他在那里！

这个臭男生，明明是他欺负了我，居然还摆出一副受了委屈的模样，还害得我被珊雅骂，真是……

"臭家伙，真是的，还要我给你送饭吃！"我气鼓鼓地撅着嘴巴，提着饭盒就朝他走过去。

就在这个时候，不知道从哪里冒出一个粉红色的身影，留着长长的飘逸直发，袅袅婷婷地走到了千皓辰的面前，对着他用娇滴滴的声音说道：

"你是叫千皓辰吗？是不是还没有吃饭？我帮你买了排骨饭，我们……一起吃吧！"

5

章节

人鱼公主的眼泪
Mermaid's tears

Vol. 1 愤怒的蜜儿笨蛋

不会吧，我没看错吧? 居然有女生专门买了中饭给他送去?

我低下头看看自己手里的鸡腿饭，突然有点不太舒服的感觉。

这时一直坐在树下的千皓辰立刻站了起来，他很礼貌地对着那个女生微笑道："谢谢你。不过我还不饿，没有关系。"

呀，算这个家伙还有良心，知道拒绝。

直发女生好像早料到他会这样说，竟然毫不放弃地回答道："已经中午了呢，怎么会不饿呢? 刚刚在走廊上我看到你和陶蜜儿吵架了，她肯定不会送饭给你吃的，所以你不用跟我客气，我们一起吃吧。"

直发女生很了解似的对他说着，还主动地伸手拉着他，一起在草坪上坐下。

千皓辰好像没有料到这个女生会这么主动，他的笑容有一点点尴尬："那个……小桃子只是……"

他好像想解释，但又解释不出来。可是他居然没有挣脱那个女生的手，任由她抓握着，一起坐回到草坪上!

噌噌噌!

不知道为什么，我的视线死死地盯在他们相握在一起的手上，竟然觉得自己的胸膛里，有簇火焰在一瞬间呼啦啦地燃烧起来!

"没关系啦，我们一起吃吧! " 直发女生好像非常高兴，"啊，不过我好像忘记多拿一把勺子了! 算了，我来喂你好了! "

咣当!

这就是我们学校的女生啊! 主动得还真 Open 啊! 少拿一把勺子就快点回

去拿啊！什么喂……难道没看到学校餐厅里贴着大字报吗——

"学校以内，禁止喂饭！"

虽然也许写这大字报的同学是为了好玩，可是今天我终于知道为什么看到相互"喂饭"的人会觉得很恶心、很可恶了！这女生居然要"喂"千皓辰耶！那个家伙还一脸感激的模样，竟然都不知道要拒绝！哇呀呀！这就是这个臭男生的本色吧！花花公子！

眼睁睁地看着那个直发女生打开了饭盒，举着勺子就要把一口饭送到千皓辰的嘴边去，我的怒火终于再也忍不住了，突然一步就朝着他们的方向冲了过去！

"喂，千皓辰！"我对着他大叫一声。

亲亲密密的两个人被我吓了一大跳，那个女生更是吓得一慌，手里的勺子差点儿要戳到千皓辰的鼻子上去。

如果是平时，看到这样的情况，我一定要笑得满地打滚了，可是……可是今天我却一点儿也笑不出来！看着那个家伙居然真的愿意"被喂"，我真想把他的嘴巴撬开，把我手里的鸡腿饭连盒带饭一起给他塞进去！那么喜欢被喂，我就给他撑死好了！

"小……小桃子！"千皓辰看到面前的我，有些吃惊地站起身来，"你怎么到这里来了？不是去吃饭了吗？"

"我吃不吃饭，关你什么事？"看到他居然还气定神闲地问我，我胸中的火焰在熊熊燃烧，"干吗，和别人亲亲热热，看到我很不爽啊？"

"不是啊，小桃子，我刚刚看到你很生气，所以以为你都不要理我了……"他有些着急地向我解释，漂亮的眉毛都拧在一起。

这个焦急的表情倒是让我比较满意，看来我刚刚发脾气，他还真的被吓到了。

这时旁边的直发女生突然不高兴了："喂，陶蜜儿，你为什么这样对皓辰说话？就算他是你的朋友，也不可以这样对待他吧！在学校的走廊上骂他，你知道那会让男生多么丢脸？而且，你就准备一直这样饿着他？"

天啊，我还没有找她的麻烦，这个女生居然先开口向我炮轰了！

"喂，你是谁啊？你凭什么管我和他的事？皓辰？叫得蛮亲热的嘛！你和他认识多久？他又和你什么关系？用得着替他来出头吗？！"我不服气地立刻朝着那个女生吼回去。

其实这个小女生我认识，她叫秦雯欣，是二班的英文课代表，因为人长得蛮漂亮，英文又说得很好，所以平时就非常傲慢，对那些追求她的男生根本就看不上眼。可是今天不知道怎么了，突然跑到这里来对千皓辰献殷勤，还对着我开炮！

"认识得久或者不久有关系吗？重要的是有没有在心里把他当成真正的朋友！"秦雯欣很不服气地对着我瞪圆眼睛，"你看看你刚才在走廊里的样子，训斥他就像在训斥一条可怜的流浪狗，好像皓辰到这里来找你，是为了乞求你一样！你想过他的感受吗？陶蜜儿，如果你真的这么讨厌他，就不要出现在他的身边好了！我会来照顾皓辰的，请你走开！"

秦雯欣突然上前一步，伸手就推了我一把。

我被她推了个趔趄，向后倒退一步，差点儿没摔倒在草地上。

"小桃子！"千皓辰立刻伸过手来想要扶住我。

"你走开！"不知道为什么，我却突然反手重重地推了他一下！

砰！

我们两个人几乎同时摔倒在草坪上。

我的怒火，像是充气的气球一般，在我的胸膛里不停地膨胀起来。刚才秦雯欣都说了什么？说我训斥千皓辰，像在训斥一条流浪狗？说我讨厌他？说我没有真的把他当成朋友？还要我离开他，不要出现在他的身边，由她来照顾"皓辰"？！

这都是些什么话呀！

虽然我承认，从一开始认识千皓辰，我就觉得他很 ET，很脱线，很爱捉弄我，可是……我从来没有把他当作什么流浪狗，也从来没有觉得他在向我乞求什么！虽然他一直捉弄我，可是我还是让他留在了我家里；虽然他连我的初吻都夺走了，可是我还是在他被关的时候，整夜都睡不着地担心他！

这叫做没有真的把他当成朋友？这叫做把他看成流浪狗？！

我气得眼泪溢满眼眶，看着和我一起跌倒在旁边的千皓辰，我生气地对着他大吼道："是！我不好！我欺负你，我讨厌你，我训斥你！我从来没有真心地把你当作朋友，也从来没有想过你的感受！我是不应该再出现在你的身边！千皓辰，你很厉害嘛，从今以后，你就不要再来找我，也不要到我家里来，让她照顾你好了！"

千皓辰跌坐在我的身边，没想到我会说出这样一番话来。他吃惊地瞪圆了他那双淡蓝色的眸子，漂亮的眸光里，透出淡淡的失望。

"小桃子，你在说什么啊？我从来都没有责怪过你啊，在我心里……"

从来没有责怪过我？那就说明，在他的心里也是同意秦雯欣的话，认定我一直在欺负他，从来没有为他着想过了？！

"不用说了！"我听到他的话，觉得更加烦躁，"刚刚在楼梯上我不是说过了吗？你不要再叫我小桃子！也不要再跟着我！反正你魅力大得很，随便挥挥手，就会有一群女生照顾你的！都怪臭珊雅，干吗要我送饭给你，吃吃吃……撑死你算了！"

我生气地把手里的饭盒朝着他一丢，也不管饭菜会不会洒他一身，爬起身来转身就跑！

"小桃子，等一下！"身后传来千皓辰的喊声。

我不等！我才不要等！

反正你的身边还有那个秦雯欣，反正你的身边还有那么多喜欢你的女生！我陶蜜儿算什么？！我真是个笨蛋，为什么还在你被关进浴室的时候，整夜都无法入睡……

陶蜜儿，笨蛋笨蛋，你真是大笨蛋啊！

Vol. 2 海浪滔天

气死我了，气死我了！

为什么要听珊雅的话，为什么要送饭给他吃，为什么要为他担心！他可倒好，跟人家英文美女一人一口"喂"得正欢呢！陶蜜儿，你怎么那么笨啊！没有你，他会饿死吗？他只会越长越胖好不好！

我一口气从学校的餐厅部跑到了操场边的大花园里。

这里是我们学校培养各色植物的花圃，最近正是蔷薇盛开的季节，所以花圃里开满了大大小小的各色蔷薇。虽然蔷薇花没有玫瑰那么大朵和艳丽，但精致小巧的花瓣中，却透着一股格外动人的芬芳。好在看到这些美丽的花朵会让我的心情好一点，不然真的要活活被那个家伙给气死了！

"臭男生，居然那样对我……我整个晚上都没睡在为你担心耶……"我在花圃边坐了下来，一边愤恨地伸手揉着小指上的戒指，一边不高兴地嘟囔，"还不是觉得那个女生比我好！好啊，那你就和她一起好了！最好让你们喂饭喂到撑死算了！"

哼！讨厌的千皓辰！

"什么事这么生气？！"突然间，有个声音猛地从我的身后传过来，吓了我一大跳。

　　我吃惊地回头一看，一位穿着中世纪欧洲皇家古典大摆裙的大姐姐，正笑眯眯地站在我的身后。

　　"呀!"我瞪大眼睛，"你，你不是上次那个……"

　　"对啊，就是我。"大姐姐对着我微笑，"怎么样，上次的电影还好看吗?"

　　啊呀，她突然问出这句话来，顿时就让我低落的情绪一下子高涨起来!

　　我突然想起了那位齐可夫里德王子殿下，那天我就那样离开了，不知道他还好吗? 是不是真的受到那个黑魔法师的诅咒了? 虽然明知道那只是一部童话电影，可是我却觉得他似乎就真的生活在我的身边一样……

　　"大姐姐，你能再把我送回到那部电影里去吗?"我激动地伸手就抓住大姐姐的胳膊，急切地问道，"有个人……有个人可能会受伤了!"

　　"有个人? 什么人?"大姐姐故作不解地问我，"每部电影只放映一次噢，一旦错过的话，就永远都不可能见到了。"

　　"什么? 只放映一次?"一听到大姐姐的话，我顿时觉得非常失落。

　　每部电影只放映一次吗? 见到他的机会也只有那一次吗? 我忽然想起那张英俊的脸孔，那长长的睫毛，那绽放着淡蓝色光芒的眼睛……齐可夫里德王子殿下……难道……难道我们就要这样错过了吗?

　　"喂喂，你别拉长着脸呀。"大姐姐看着失落的我，笑眯眯地继续说，"虽然电影只放映一次，但是你想见到的那个人可不一定见不到。"

　　"什么? 什么意思?"我有些听不明白，眨着眼睛奇怪地看着大姐姐。

　　"我的意思就是……今天又是童话电影的上映日，不知道你想不想再进去试一试呢?"大姐姐笑意盈盈地抬手向我的身后一指。

　　我不解地随着她手指的方向转身——

　　哇! 我刚一回头，就差点把自己的眼珠给瞪出眼眶来!

因为在我的身后，那座像是水晶宫一样的童话电影院又突然浮现了出来！最神奇的是，这一次它不再是晶莹剔透的，像水晶宫一般，而是上下被大朵大朵盛开的蔷薇花所装饰！整个童话电影院就像是由盛开的花朵建成一样，那样地娇嫩艳丽、芬芳扑鼻！

"天啊，好……好漂亮呀！真不愧是童话电影院！"上一次我已经见识到了这座神秘电影院的魅力，但这次全部被花朵覆盖的样子，还是让我非常吃惊。

"当然了，这可是为全世界热爱童话的孩子们送上的礼物噢！"大姐姐对着我笑容可掬，"别在这里感叹了，快点把电影票拿出来，赶快进去吧！"

我连忙从口袋里把那张童话电影票拿出来，递到大姐姐的手里。趁着她在替我打卡的时候，我忍不住好奇地问道："今天是什么电影呢？我真的还能再见到他吗？"

"我可不知道他是谁。"大姐姐笑得神秘莫测，"不过你只要进去看一看，不就知道了吗？但要记住噢，这种电影只放映一次的，所以一定要好好享受！好了，票子已经检过了，快点进去吧！"

大姐姐把电影票递还给我，伸手把我推进了那座被蔷薇花簇拥的神秘电影院。

这一次我轻车熟路地就找到了座位。西厅，七排六号。

还是用红色丝绒围成的漂亮包厢，还是只有我一个人坐下。

我好奇地看了一眼包厢里的另一张坐椅，那里依旧空空的。

说真的，一个人看这种电影还真的有点寂寞，不知道这个包厢是只专为我准备的，还是在别的时间，也有另外的人坐在我旁边的这个座位上？

正当我胡思乱想的时候，电影院里的灯光再一次暗淡下来，宽阔的大屏幕上，开始浮现出美丽的画面。

"唔，开始了。"我连忙抬起头来，"不知道今天会放映什么？也不知道今天我还能再进去吗? 不知道齐可夫里德王子殿下他……"

我自言自语地看着那个银色的大屏幕。

今天的放映好像和上次不同, 没有响起动听的音乐, 也没有那个美丽的湖泊, 更没有那一群翩翩起舞的白色天鹅……电影缓缓地启动, 首先扑面而来的, 竟是带着一丝微咸的轻柔海风……

碧蓝色的海平面, 蔚蓝色的天空, 交汇在永远都望不到边际的地平线上, 白色的云朵就像软软的棉花糖, 金色的阳光从云层中间洒落下来, 海鸥在天空中纵情地翱翔, 洁白的翅膀上似乎带着天使般明亮而温暖的光环……

好美丽的大海啊!

可是, 好奇怪, 难道今天放映的是风光片吗? 虽然大海很美丽, 可这里不是童话电影院吗? 难道今天放错片子了?

"喂——" 看了足足三分钟, 我忍不住站起身来, "有没有人啊? 这片子好像放错了呀! "

我大声地对着影院里喊着, 希望能有人来换个片子。

谁知道我才刚刚站起身来, 突然之间——

哗!

从风光片里传来一声奔腾的浪涛声, 接着就好像真的有一大片浪花对着我迎面扑了过来!

稀里哗啦——

无处可躲的我, 立刻就被浇了个满头满脸!

"哇呀呀! 好咸啊! " 没有防备地被灌了一口海水, 咸得我差点要呕吐起来。

呀, 这是什么风光片啊? 4D 的吗? 居然还真的被海浪打中了! 啊呀……啊呀……不对, 这是什么? 好痛呀!

我突然觉得腿上传来一阵疼痛, 立刻弯腰想去看看怎么回事。

"喀嚓!"

突然之间,不知道什么东西一下子就钳住了我的手指头!

"哇——好痛啊!"我立刻惨叫出声。

手忙脚乱地抬起我的手一看,竟然是一只大大肥肥的海螃蟹,正钳着我可怜的手指头!

"啊啊啊……好痛……好痛啊!你给我走开!走开啦!"我拼命地伸手想要甩开那只把我夹得哇哇乱叫的家伙。

可是没有想到,螃蟹还没有被甩开,屏幕上的海浪声却更大了。

哗——哗——哗啦啦!嘭!

声音越来越不对劲了,好像离我越来越接近!连湿湿的海风都在不停地加大,咸咸的浪花更是直接打在我的脸颊上。

"喂,这到底是怎么……"我不高兴地伸手抹掉自己脸上的海水,有些抱怨地抬起头来。

哇啊啊啊——

尖叫声硬生生地卡在我的喉咙里,任凭我张大了嘴巴,也无法发出声音来!因为……

因为……我竟然看到滔天的巨浪,已经突破了童话电影院的大银幕,对着我轰隆隆地迎面扑来!

哇呀呀!我可是个不会水的旱鸭子啊,倘若被这么大的海浪砸下去,哪里还会有活路啊!天啊!地啊,神仙啊,妈妈啊,救命呀!

哗——

可是海浪又怎么能听得到我的呼声,它无情地朝着我扑面而来,在我的尖叫声还没有来得及溢出的时候,已经狠狠地把我整个给吞噬!

Vol. 3 人鱼公主就是我

啊——扑噜噜!

我发誓,以后再也不要看什么童话电影了!他们都是在骗我吧!上一次请我看天鹅湖,把我变成了大白鹅,这一次请我看什么风光片,居然又用海浪拍我!明明知道我不会游泳的嘛,上一次还好,只是在湖里,可是这一次……这一次可是在大海里啊!

扑噜噜!咕噜噜!

咸咸的海水倒灌进我的嘴里,呛得我连没吃完的鸡腿饭都快要吐出来了。

救命啊!救命!我还不想被淹死啊!救……咕噜咕噜……

透明的气泡一颗接一颗地向水面浮去,可是我……我却不停地在往下沉……灿烂的海平面离我越来越远了,我就要……就要……

"妈……爸……永别了!"我拼着命张开嘴巴对着海面大喊一声。

咕咚咕咚,还猛喝了好几口咸涩的海水。完了,这次死定了!

"公主,你在喊什么呀?为什么要跟国王和王后永别呀?"

突然间,又有人奇怪地在我的耳边说话。

公主?国王?王后?

呀,又有人叫我公主了呢,难道……我真的又回到那个世界里去了?

我惊喜地睁开眼睛,想要看看是不是我的微笑鹅和好奇鹅又出现了,可谁知道我朝自己的身边才看了一眼,就忍不住开口大叫起来:"哇!螃蟹会说话了!"

天啊,这不就是那只刚刚夹住我手指头的大肥螃蟹吗?它为什么会游在我的身边?而且还一边挥舞着大大的蟹钳,一边对着我叽里咕噜?

"你怎么了呀,公主,连蟹蟹和角角都不认识了?"另一个声音又在我的身

边响起。

我一回头，这下眼睛就瞪得更大了！

因为游在我另一侧，对着我挥动着柔软的爪子的，竟然是一只五彩斑斓的大海星！

"天啊！海星都会讲话了？！"

咕咚！本来我是想要"咣当"一声晕倒的，可是现在浸泡在海水中，所以我只能以"咕咚"喝口海水来当作晕倒好了！

可是等等！既然海星和螃蟹都对我说话了，难道……难道我又变成什么奇怪的东西了吗？天啊，上次是大白鹅，这一次是什么啊？总不会是变成大乌贼吧！

惊慌失措的我立刻低头——

还好还好！我的手还在，胳膊也在，甚至连我长长的头发都在海水中飘散着，那就说明我没有变成吓人的大乌贼！太好了，真是上帝保佑，阿门！

兴高采烈的我直想挥动双手以示庆祝，可是才刚刚扭动身子，就发觉我的双腿竟然随着上半身同时动起来！而且就在我移动身子的时候，身边的海水竟然被我拨弄得哗啦啦作响。怎么回事？我的腿怎么了？

我低下头去想要看看我可爱的腿……

"哇——"尖叫声立刻就从我的喉咙里"破水而出"！

因为……因为……因为我的腿竟然没有了，从我的腰部以下，竟然完全变成了闪着五彩光芒的大鱼尾！

妈妈呀！我……我竟然变成美人鱼了！

"公主，公主你还好吧！"

"公主，快点醒过来呀！"

蟹蟹和角角两个家伙在我的耳边大叫，好不容易才把昏迷在水中的我给叫醒。

　　我睁开眼睛，无力地看着两个趴在我身边的小家伙。

　　没办法，我也不想昏倒的，可这惊吓实在一次比一次大啊！上次是变成天鹅公主，这一次竟然变成了美人鱼！还是一条不会水的美人鱼！如果这次要被淹死的话，那简直就要变成人鱼史上空前绝后的大新闻了！

　　不过还好，我好像被这两个小家伙连拉带拖地给弄上了一块大礁石，虽然海浪在我的身边不停地汹涌澎湃着，但我却不再那么害怕了。

　　"天啊！我……我真的变成美人鱼了吗？"我难以置信地翘起自己的下半身，出现在我眼前的竟然真的是一条长长的、还闪烁着五彩光芒的鱼尾。

　　晕……

　　一看到这条鱼尾，我差点又晕倒在礁石上。

　　"什么叫变成美人鱼？公主您一直是大海里最美丽的人鱼公主啊。"蟹蟹挥着它的大钳子，嘴巴还挺甜。

　　"是啊，您可是海王最疼爱的小女儿呢，在这个大海里谁不知道你的名字啊。"角角也跟着说。

　　呀，这好像倒真的是《海的女儿》里的剧情呢，可爱的小美人鱼公主，一直是海王最疼爱的小女儿，但是她非常好奇陆地的世界，所以在她十六岁生日的那一天，终于得到父亲的允许，可以浮上水面去探望那个繁华的世界。

　　如果真的是这个故事的话，那岂不是说明我……人鱼公主，就在今天过自己的十六岁生日？

　　"那么，今天是我的生日吗？"我转过头去，问着软软的可爱的角角，"所以我的父亲允许我升到海面上来，探视人类的世界？"

　　"啊，公主，你恢复记忆啦！"蟹蟹立刻欢呼起来。

　　哇，是真的啊！原来我真的再一次被拉进了童话故事里，变成了《海的女儿》

里那个最美丽、最善良的人鱼公主！

　　天啊，真是神奇的童话电影院啊，原来放映的不是风光片，而是这么浪漫的电影啊！无论是《天鹅湖》，还是《海的女儿》，那可都是让全世界的女生永生难忘的经典童话啊！哪一个女孩子不梦想着有一天，自己也可以变成童话里的公主，梦想着可以遇到英俊的王子，然后永远幸福地和他生活在一起……啊，神奇的童话电影院啊，竟然真的把我的梦想实现了呢！

　　太好了，太好了！

　　可是，这是什么地方？我会在这里遇到我的王子吗？虽然海的女儿也是我非常喜欢的一部童话，但我还是在为上次的那位王子担心着……真的好想再见到他啊！

　　"对了，我想问你们一下，你们听说过《天鹅湖》的故事吗？"我打算问问角角和蟹蟹，有没有可能再和齐可夫里德王子相遇？

　　"天鹅湖？"角角摇头，"公主，这里是大海耶，只有海鸥没有鹅。"

　　晕，它还真坦白。

　　"那有没有……"

　　我正想开口继续问下去，突然只听"呜——"的一声，从我身后很远的地方，传来非常非常响的汽笛声。

　　我吓得拍拍自己的胸口："原来美人鱼也不好当啊，这些汽笛声吓死人了。"

　　"对啊对啊，现在的这些人类真是太可恶了，造了这么多钢铁推到海里来，汽笛声大得吓人，不仅弄得我们整天都不能好好入睡，还非常污染环境。上次不是有只叫什么泰坦 XX 的船就沉到海底了吗？"蟹蟹抱怨地对着那只大船挥挥爪子。

　　"没错！那个破船啊，把我家都给砸坏了，我有好多兄弟姐妹都……"角角也开始抱怨起来。

就在这时，我突然发现在那条远远驶来的大船上，竟然出现了一个非常熟悉的身影！

高高的白色桅杆前，一位穿着笔挺的蓝色制服的男生迎着海风站立着。他亚麻色的长发随着湿润的海风上下飞舞，白皙而英俊的脸孔，高挺的鼻梁，柔软的嘴唇，一双浓密的眉毛深深地皱起。他微眯着眼睛向远方眺望着，但那双像是海水一样湛蓝的眸子里，却散发出那样夺目的光芒！

啊！那是……齐可夫里德王子殿下！

没有错，我不会看错的！那真的是他！真的是他！颀长而纤细的身材、微抿的嘴唇、像是大海和天空一样纯净澄澈的蓝色眼睛！他制服上的金色丝穗在阳光下闪烁着耀眼的光泽，仿佛为他全身都笼上了一圈如天使般明亮的光芒！

天啊，太好了！太好了！他还活着！他没有出事！我……又见到他了！

"齐可夫里德王子殿下！"我立刻兴奋地对着他大叫起来！

"齐可夫里德王子殿下！殿下！我在这里！我在这里啊！"

我好高兴，又见到你了！我好高兴，你平安无事！我好高兴，我们的缘分还没有停止！王子殿下，我在这里啊，就算我变成了美人鱼，可是当我看到你，还是那样地开心！

王子殿下！

Vol. 4 海琴王子

"王子殿下！"我大声地朝着甲板上的王子殿下喊着。

可是他却依然高高地站在船头上，像是听不到我的呼唤一样。海风抚弄着他亚麻色的长发，蓝宝石一般明亮的眼睛里，却充满了令人心疼的忧伤……

"王子殿下，你还是那样不快乐吗？"一看到他的表情，我的心就忍不住微微地疼痛，"齐可夫里德王子殿下！"

我大声地朝着他喊道，希望他能听到我的声音。

"公主，你在喊什么呀？"蟹蟹听到我的叫声，奇怪地挥舞着爪子，"这里哪有什么齐可夫里德王子，那船上的明明就是海琴王国的海琴王子嘛！"

"海琴王子？"

啊，这个名字没有听到过耶。难道那不是齐可夫里德王子殿下吗？

"是啊，这位王子最喜欢大海了，几乎每年都要到这里来旅行。而且今天刚好是碰上公主的生日，你们还真有缘分呢……"角角也挥着它的小五角，兴奋地对我说着。

我和他有缘分？可是……他不是齐可夫里德王子吗？真的长得很像啊！不管了，我要先让他发现我在这里才行！

"王子……"我张开嘴巴，又想要呼唤他。

"公主，你这样叫，王子殿下是听不到的！"聪明的角角立刻就提醒道。

"为什么？"我有些奇怪，我已经叫得够大声了，可是他却没有任何反应。

"因为你现在是一条鱼啊！"蟹蟹对我挥挥爪子，"鱼的叫声，人类又怎么能听得懂呢？"

啊，我这才想起来，我还拖着那条长长的鱼尾巴，而我叫出来的声音还真的有些奇怪，尖尖的、细细的，难怪他没有任何反应。

"那怎么办？他好像我以前的一位朋友啊，我好想和他见一面……"我着急地对两个小家伙说着。

角角"吧唧吧唧"地在我的身边挪动着它软软的身体，兴奋地说道："我这里有一颗灵言珠子，只要吃下去就可以说出人类的话，公主你要不要试试？"

"哇，你有这么好的东西，早说嘛！"我伸手拿过角角递过来的珍珠，一口气就吞了下去。

珍珠滑溜溜地一下子滑进了我的喉咙。

"啊……"我张开嘴，果然，人类的语言立刻就跳出了我的嘴巴。

哇咔咔，太好了，我可以说话了。不过我终于知道了，原来在《海的女儿》里，那个帮助了人鱼公主，却把她的声音和长发拿走的老巫婆并不存在，存在的居然是一只软软的、会到处爬来爬去的大海星呀！哈哈，海星巫婆！

"好了，公主，你能说话了，快点叫他吧！最好唱歌吧！你可是海王国里最会唱歌的小公主了，用你美妙的歌声，一定可以吸引到王子的！"角角又说道。

我也很想吸引他，可是……可是我并不是那个在海王国里最会唱歌的小公主，而是从人类世界穿越来、根本连五音都找不全的——陶蜜儿呀！

不过，好像在童话故事中，真的是有一段人鱼公主坐在礁石上，对着大海高歌的场景！正是因为那动听的歌喉，王子才被她吸引的！啊呀呀，看来唱歌这一段，是根本躲不过去啦！

好吧，为了不辜负这样美丽的童话故事，我陶蜜儿拼了！不就是一首歌嘛，我唱！我唱唱唱！

"难以忘记／初次见你／一双美丽的眼睛／在我脑海里／你的声音／挥散不去……"

我勇敢地张开嘴巴就唱，这好像是一首很有名的男歌手的歌曲，我很喜欢它的歌词，可惜的是，我陶蜜儿真的是个五音不全、唱歌就跑调的"无调小天才"，所以我三句还没有唱完，调就已经跑得不知道到哪里去了！

"呜噢噢噢噢噢——"我越唱越来劲，唱到高潮部分，连曲调都没有了，最后一个音竟然完全飘成了："嗷——"

"天啊，狼来啦！"

角角和蟹蟹被我吓得竟然同时尖叫一声，扑通一下两个家伙一起跳进了海

水中！

"喂喂喂！你们也太夸张了吧！"我知道我唱歌很难听，可是不至于把狼都招来吧！而且我只想吸引到王子殿下，希望那位王子能够看到我……

"呜噢噢噢噢噢——"

顾不得去抓那两个弃我而去的臭家伙，我继续努力地大声唱着，一边唱还一边努力地朝着那艘大船上望去。

可是，就当我看过去的时候，却发现迎着海风、高高站在船舷上的王子殿下，眉毛拧在一起，漂亮的蓝色眸子眯了起来，甚至还用手捂住了耳朵，痛苦地对着下层甲板上的船员们大声喊道："喂，你们有听到奇怪的声音了吗？这里有海盗出没吗？或者……是不是有传说中的海怪？！"

扑通！

我像角角和蟹蟹一样，一头狠狠地栽到了海水里！

王子啊，无比英俊帅气的王子啊！你……你怎么可以这样说我！我知道我唱得很差，可是……海怪？！你把我这么美丽的人鱼公主叫做"海怪"？！呜呜呜……实在太伤我的心了呀！

"海怪没有发现，可是王子——"船员们的叫声却又传来，"前方似乎发现暗流，我们正试图绕开！为了安全，王子还是进船舱内休息吧！"

啊？暗流？

伤心地跳进海水中的我，却被这句话给震住了。我抓住石礁，担心地再一次从海水中探出头来。

虽然陶蜜儿真的不习水性，但是经过这两次的折腾，再加上我还有一条"天生"的鱼尾巴，所以我没有再向海底沉去，用手抓住礁石，竟然还能稳住我的身体。

王子的船遇到暗流了吗？那不是很恐怖吗？听说有的海底，暗流漩涡的吸力是非常巨大的，无论是什么船，都有可能被瞬间吸进海底！希望海琴王子的船，不会遇到这样可怕的事情！

"有暗流吗？你们要小心一点！我不进船舱去，我也要帮你们的忙。"英俊的海琴王子没有贪生怕死地躲进船舱里，却勇敢地跑到下一层的甲板上，和那些水手一起努力起来。

哇，真的是一个很善良的王子！长得也和齐可夫里德王子非常相像。他们到底是不是同一个人呢？我真的好想知道，也好希望他们能够平安渡过那个暗流漩涡。

巨大的王子号就这样从我的身边滑过，他没有发现我。这让我有一点点失落，但我还是紧张地注视着他们的动静。因为他们就要经过暗流了，只要从暗流的边缘划过，就不会有危险了！加油啊，王子。

哗——哗——

王子号静静地在海面上航行着，努力的海琴王子和水手们齐心协力，就要绕过那个可怕的暗流漩涡了。

"加油啊！加油！"我躲在礁石后面，激动地为他们加油。

可就在这个时候——

哗啦啦！轰隆隆！

平静的海面上突然海风大作！那处巨大的暗流漩涡突然改变了旋转的方向，竟然就向着海琴王子的大船袭了过来！

天啊！怎么回事！

海琴王子的船被巨大的暗流漩涡一下子就给吸住了，整个船身就像坐上了云霄飞车一样，在海平面上飞速地旋转起来！船上的桅杆啪啦啦地开始断裂，白色的船帆就像风筝一样，被撕得粉碎！

"不好了！王子！我们掉进漩涡了！"

"快点带王子去救生艇！一定要送王子离开！"

水手们的尖叫声响了起来。

"不！我不走！我要和你们在一起！"王子的叫声响彻海面。

啊，好感人的画面啊，好善良的王子殿下。这些童话中的王子真的要比现实中的男生们帅多了，也优秀多了。他就像齐可夫里德王子一样，那么英俊，那么体贴，竟然要和水手们同生共死……不，也许这位海琴王子就是齐可夫里德王子，我觉得他似乎也和我一样，虽然是交换了不同的童话，但是他依然就是我认识的那个他……

哗——

海浪滔天。

就像我站在童话电影院里时一样，那滔天的巨浪，不停地朝着海琴王子的大船袭去！王子号在暗流中拼命地挣扎，水手们和海琴王子都被海浪打得浑身湿透。

突然间，一个翻天的巨浪猛地朝着王子号扑去！

咔嚓！

木制的王子号再也承受不了这样的巨浪袭击，猛地就从船中央断裂，而刚刚站在那里帮着水手们拉着桅杆缆绳的海琴王子，一下子就从断裂的缝隙间掉进了海水中！

"王子殿下！"

"海琴王子殿下！"

水手们的尖叫声此起彼伏！

我的心像是被人猛地揪住了，眼睁睁地看着他扑通一声掉进了海水中，顿时觉得心重重地一痛！

不！不可以！王子殿下不可以被海水卷走！王子殿下不可以就这样死去！

不可以，不能，不要！

我要救他！我要去救他！

"王子殿下！"我尖叫了一声，竟然也顾不得自己会不会游泳，看着那个跌进了海水里的英俊身影，义无反顾地甩着我的鱼尾巴，一头就钻进了冰冷而咸涩的海水中！

海琴王子……我……来救你了！

❧ Vol. 5 完不成的吻 ❧

澄澈的蓝色海洋，却突然变成了杀人凶手！

剧烈旋转的暗流漩涡，就快要把一切都给吞没！不知道是从哪里来的勇气，如此怕水的我，不会游泳的我，却在这个时候，勇敢地跳进了巨浪滔天的海水中！

"王子殿下……我来救你！"

海水一下子就呛了过来，我努力地屏住呼吸，睁大眼睛，在暗流中寻找着那位王子……不过真的很奇怪，原本不会游泳的我，却可以在这个时候，摆动起自己的鱼尾！那长满五光十色鳞片的长鱼尾，竟然乖乖地听从我的指挥，帮助我努力地朝着前方游去！

我躲过一块块浮木，在暗流中奋力地挣扎！

当我再一次拨开眼前飘过的杂物，终于在一片纷乱的气泡中，看到了一个修长的身影！

亚麻色的中长发，蓝色的绣金制服！那就是海琴王子！没有错，那一定就是海琴王子！可是他看起来情况非常糟糕，整个人都被海浪翻卷着，就要随着那巨大的暗流被吸进海底去！

127
PAGE

"王子!"我大叫一声,立刻就朝着他的方向扑过去,"王子!你快点醒醒!你不可以昏倒,快点醒过来!"

我一下子就抓住他的胳膊,用力地摇晃着他已经没有任何力气的身体!

他全身都非常虚弱,但奇怪的是,在听到我的尖叫之后,他的脸上竟然微微地浮现出一个淡然的微笑。

"你来了……"

海水中,只传来他细如发丝般的声音。

可是这句话却让我非常吃惊,他在说"你来了"?难道他认识我吗?他见过我吗?或许他真的是齐可夫里德王子?只是和我一样,又一起来到了这个童话?!

"王子……"我抓住他的胳膊。

突然之间,一道剧烈的暗流海浪猛地就朝着我们两个人卷了过来!

"王子小心!"我一下子就抱住了他的身体,拼命地想用自己的身体来保护他。

呼啦啦!

海浪的威力竟然是那样巨大,把我卷得在海水中剧烈地翻滚起来!我死死地抱住怀中的他,就算再大的海浪,我都要保护好王子!人鱼公主是不会在海水中死掉的,不是吗?所以,我要尽我一切的努力来救活他!

可是海琴王子已经在我的怀中昏过去,全身都软绵绵的没有一点力气。

"王子,你醒一醒!"我用力地咬牙,"我一定会救活你的!陶蜜儿,加油啊!"

下定决心后,我用力地摆动起自己的鱼尾!一边托起他的身子,一边朝着海面奋力地游去!虽然海浪把我打得东倒西歪,虽然我几乎都快抱不动他的身体……可是我还是咬着牙努力着,想要把他送上岸去,想要把他救活!

终于体会到人鱼公主的那种力量了,当她拼了命在海水中救他的时候,也一定像我一样吧! 心里只想把他救活，只要他能活下去，即使是自己死了，也会觉得值得! 所以人鱼公主才心甘情愿地把自己的生命都奉献出去，宁愿化为清晨阳光下那一片美丽的金色泡沫。

呼——

我用尽全身力量，把他向着海面上奋力地一推!

金色的阳光终于炫目地映照下来，我终于把昏迷的海琴王子给送上了海面。

太好了! 太好了! 我终于救活他了!

奋力地把海琴王子推上了白色的沙滩，我累得一头栽倒在他的身边，整个人立刻就像是虚脱了一样。我闭上眼睛，觉得自己差点儿和他一样，昏倒在那个巨大的暗流里。假如我也昏了过去，那么海琴王子他一定……

啪嗒——

蓦地，有一滴水珠，落在了我的额头上。

嗯? 什么东西? !

我猛然睁开眼睛。

"吓! "一口冷气突然倒抽在我的喉咙里。

因为……因为……我的眼前竟然出现了一张非常非常英俊的脸孔，还有一双非常非常明亮的眼睛，还有那张像是玫瑰花瓣一样红润的嘴唇……他距离我那么那么近，近到我几乎能看到他的蓝色瞳眸中，倒映出我吃惊的表情; 近到从他额际的亚麻色发丝上缓缓滑下来的水珠，悄悄地滴落到我的额上。

啪嗒。

又是一颗。

我忍不住全身颤抖了一下，不知道是因为这冰凉的水珠，还是因为他那双紧紧盯着我的、一眨不眨的眼睛。

当他那双蓝色的眸子里映出我颤抖的表情时，那张英俊的脸孔上，突然浮现出一个淡然的微笑。

"你在发抖吗？人鱼公主。"他咬着嘴唇，突然轻轻地开口。

啊，那个低沉而沙哑的声音，那个性感得让我的心都能颤抖的声音！还有那双明亮得像海洋一样的蓝色眸子……他真的是……

"你是……齐可……"我不由自主地开口叫出这个名字。

他却突然伸出食指，还把指头放在我的唇上。

"我现在不叫那个名字。"他眨了眨漂亮的眼睛，浓密的睫毛让我的心弦颤动，"不过很高兴又见到你了，公主殿下。"

啊！我果然猜对了！他……他是和我一起出现的！那位齐可夫里德王子……不，或者说，是现在的海琴王子！

"我……我也很高兴。"我呆呆地看着他微笑的脸颊，竟然不知道该说什么才好。

"谢谢你救了我。"他低着头，脸孔距我大概只有几厘米的距离，"每次见到你，总是会带给我惊喜。上次是快乐，这次是生命。如果刚刚不是在海里遇到你，也许我已经死……"

"不会的！"一听到他说出那个字，我立刻就紧张地开口制止，"不会的，你不要说那个字！你会永远健康快乐地生活，你会永远平安幸福！无论发生什么样的事情，我都会去帮你！一定会的！"

听到我激动的声音，他微微愣了愣，又长又弯的睫毛轻轻地扇动一下，那双像是蓝宝石一样美丽的瞳眸里，立刻就浮起了淡淡的水雾……

"这是我第一次听到有人这样对我说。别人都以为我有多么坚强，多么倔强……他们都在期盼着我的保护，而没有任何一个人……想到我也需要保护……"他轻声地叹息，眼眸中的无奈竟然让我觉得那样的心疼，"我很傻吧，竟然对你说这样的话，一点也不像个男子汉……"

"不是的！"

看着这样哀伤的他，我立刻就想起了在天鹅湖边，他对我轻声说过的那一番话。

"不是的，我知道的，即使是男生，也总会有脆弱的时候；即使再坚强的人，也总会有孤单的时刻。人都是需要被关怀、被照顾、被保护和被爱的……"我激动地看着他，声音微微地抖动，"如果可以，我真想永远都守在你的身边，真想永远都……保护着你……"

他湿润的眼睛中，眸光在微微地闪动。

他轻轻地伸出手，白皙修长的指尖捧住我的脸颊，无奈却又有些感叹的声音传进我的耳中："如果……这不只是童话……如果……真的能有一个像你这样的女生……也许我就不会那样辛苦……也许我就不会……"

他的声音突然哽咽了，大颗的眼泪一下子便涌出他的眼眶，啪嗒一声落在我的颊边。

湿湿的，咸咸的，涩涩的，苦苦的。

"不要……不要哭……我会陪着你的，真的……我会……永远陪着你……"看着他流泪，我的眼睛也忍不住润湿了。

我抬起手想要帮他擦去眼泪，但他却突然反握住了我的手。

他凉凉的手心碰到了我微温的手指，我的心顿时忍不住狂跳起来。

海浪在我们的身边沙啦啦地轻响着，我的鱼尾还浸在凉凉的海水中，我们两个人躺在美丽的白色沙滩上，金色的阳光斜映在他的脸颊上，亚麻色的长发被涂上了一色淡淡的金色，英俊的他仿佛就像是来自天国的天使，全身都散发出那样迷人的光芒。

他握着我的手，直直地盯着我。

我一动不敢动地躺在沙滩上，也紧紧地望着他。

他的蓝色瞳孔里映出我的脸孔，我的眼睛里也映照出他的脸颊。

周围的空气仿佛突然间变化了，刚刚还有些微冷的温度，在这个双手交握的瞬间，竟然开始渐渐燃烧起来。

齐可夫里德……海琴王子……这位拥有着美丽的蓝色眸子的王子殿下……他……他的脸孔开始慢慢地向我靠拢过来，他的气息也渐渐地拂向我的脸颊……

怦怦! 怦怦怦!

我的心忍不住开始狂跳起来!

他……他要做什么? 难道……他要吻我了? 天啊……不会吧……我……我还没有做好准备! 我……

可是他的气息已经拂上我的脸颊，而我正好被他的手臂拢在中间，根本无处可躲!

啊……

几乎是下意识地，我立刻闭上了眼睛。

他的气息越来越靠近……

"喂，你看，那边好像有人!"

"是吗? 我们过去看看!"

突然，两个细细的声音从不远处传了过来，语气是那么的娇贵轻柔。

啊! 那不会是……童话中，王子的未婚妻吧?!

6

章节

★

可以做我的王妃吗
Be my princess

★

❧ Vol. 1 他真的昏倒了! ☙

有人来了!

那个吻还来不及完成,美丽的气氛却已经被打破。

我蓦然睁开眼睛看着眼前的他,他也正用那双碧蓝色的眸子望着我。

我的心忍不住颤抖了一下,因为我们都能想到,那个赶过来的人会是谁。

"我……我先走了。"我蓦然从他的身下滑开,借着凉凉的海水,就要滑进碧蓝色的大海里。

"等一下!"他却伸手反握住我的手腕,"你又要离开我了吗?我们还能再见面吗?"

我被他的问题弄得愣了一下,我也不知道我们是不是还能再见,但是……童话中,人鱼公主不是牺牲了自己,也没有办法和王子在一起吗?现在我还是人鱼的样子,如果……如果就这样被那些人看到了,不知道会不会把我当成怪物……

"对不起,王子殿下,我也不想……可是……"我看着他那双像天空大海一样澄澈的眼睛,"我希望我们能再见……"

"不要希望,难道就不能留在我的身边吗?"他急切地问我。

我看着他皱起的眉毛,忍不住咬住了嘴唇。

"小姐,那边好像是个男生耶!"

"我们快点过去看看!"

沙滩上的声音越来越近了,脚步声也在朝着我们不停地靠近……

"我们会再见的……我们一定会的……"我不由自主地对他这样说着。

交握的指尖在缓缓地后退，我的手指滑过他凉凉的掌心……

我们一定会再见的，我们一定会的……不是吗？虽然经历了两个不同的童话，但我们却依然能认出彼此……那么以后，我们也一定会再见的，不是吗？一定会的……

我和他握在一起的手指终于脱离，甩动鱼尾的我，也终于滑进了蓝色的海洋。湿湿、凉凉的海水再一次扑面而来，但这一次不再那样咸涩，不再那样呛人，反而湿湿润润的，就像是跌进了那双像海洋一样美丽的蓝色眼睛。

王子，我们不会分离的，我们一定会再见的，是吗？我们一定……

"啊！"指尖突然觉得一痛，我蓦地睁开眼睛。

原来手指被握在手中的蔷薇刺了一下，一颗红红的血珠出现在我右手食指的指尖上。我抬起头来看看周围，发现自己竟然还坐在学校花圃的石阶上，而花圃里的那座用蔷薇建成的童话电影院已经消失了。童话王国的电影通行票落在我的脚边，只有那上面的两只小孔，提醒着我刚刚那并不是个梦。

啊，原来我又回来了吗？从那么美妙的童话里，回到这个让我有些心烦的现实中了吗？

真的好想永远留在那个童话中，真的好想一直和他在一起……那样帅气、温柔和体贴的王子……只不过我真的害怕童话永远都只是童话，就像人鱼公主的结局……只能是变成清晨的泡沫……

"唉。"我微微地叹了一口气。想起和王子分别时，和他相握在一起的手，我忍不住微微地摇了摇头。

一定还可以再相遇吧？一定还可以，只是现实中的那位来自外太空的"任性王子"还让我头痛不已呢！刚刚在餐厅旁边那么大声地骂了他，他现在一定已经离开我们学校了吧。现在想起来竟觉得有些内疚，好像不应该说得那么狠，可是……可是谁让他总是欺负我，谁让他和那个秦雯欣在一起！还那

137
PAGE

么亲密……

"哼，不管他了！"我生气地捡起掉在地上的电影票，站起身来，"都怪那个家伙，害得我中饭都没有吃好。肚子饿死了！算了，去买点东西吃吧。"

已经习惯了在童话电影院里的奇遇，所以我这次并没有再像上次那样大惊小怪，只是觉得自己的肚子在咕咕叫，还是快点去便利店买点面包填饱肚子吧。

当我拿着面包和牛奶从便利店里走出来时，突然发现在不远处的教学楼的四楼楼顶上，有一个好像很熟悉的身影……

没错，是真的很熟悉！纤细修长的身材，随风飞舞的亚麻色头发，一身不同于我们学校的校服，但却是那样帅气的休闲装扮。下午的阳光明媚地从他的头顶映照下来，但他却孤单地坐在楼顶天台的边缘，非常失落地低着头。闪着栗色光芒的头发从他的额际滑落下来，遮住了他那张英俊的脸孔……

呀，那不是 ET 帅哥千皓辰吗? 他坐在那里干什么? 还那么失落地低着头? 那可是四楼的楼顶天台，一个不小心就有可能从那里跌下来啊! 难道……因为我刚才骂他骂得太狠了? 所以他生气了? 失望了? 想要……自杀吗?!

当这两个字眼突然跳进我的脑海里的时候，我立刻吓得捏紧了手里的牛奶盒!

扑哧! 雪白的牛奶立刻像是喷泉一般从盒子里喷出来，差点儿浇了我一头一身!

"这个笨蛋加白痴!" 看着他迎风坐在那里的样子，我再也无法安心地吃东西了，把手里的面包牛奶随手一扔，大踏步地就朝着楼梯跑去!

几乎是连滚带爬地，我一口气跑上了四楼的楼顶天台。

千皓辰依然孤单地坐在天台上。一个人，孤零零的，失落地低着头，那样忧伤地坐着。不知道为什么，我的心里会突然跳出这个词, 忧伤! 我一直以为,这个只会捉弄我、欺负我的家伙身上，是不会出现这样的词的。可是当我看到现在的他……看到一个人坐在天台上的他……心里却突然产生出了这样奇怪的感觉……

金灿灿的阳光洒在他的身上，那样明媚，那样美丽，可是他的身边却像是竖起了一道隔绝阳光的屏障，即使是明亮的光线，也完全照不进他的心。那个缩着肩膀、低着头的男生，看起来是那样孤单，那样令人心疼……

好奇怪，看着这样的他，我竟然想起了齐可夫里德王子殿下，还有海琴王子……那位王子忧伤的时候，似乎也像是现在的千皓辰一样，看起来那么让人心疼，让人忍不住想要去保护他、安慰他……

是我刚刚骂他骂得太狠了吗？我真的不应该说出那样的话。

"千皓辰，我……"

我向前走了几步，叫着他的名字。我想要跟他说句对不起，也想让他不要再坐在那里，天台的边缘真的很危险，一个不小心就会摔下去！

可是就当我要靠近他的时候，突然发现他的身体开始摇晃起来！一会儿向前，一会儿又向后，好像失去了意识一般！天啊，这可是四楼的楼顶啊！如果真的摔下去了，就算不死也要摔个半残啊！

"千皓辰！"我忍不住大叫起来，"你在干什么，小心一点啊！"

他没有任何反应！身体摇晃的幅度反而更大了，似乎马上就要一头朝着楼下栽去！

"啊……不要！"看着他已经不能控制自己的身体，我猛地朝着他的方向跑了过去，在他即将一头栽向楼下的时候，我拼了命地从他的身后一把抱住了他！

扑通！咚！

我紧紧地抱着他猛地向后倒下，两个人狠狠地摔倒在楼顶天台上。他重重的身体砸在我的身上，差点把我给压扁了。

"千皓辰，你疯了吗？！"我有些生气地在他的身下大叫，"我刚刚只不过是骂了你两句，你至于要跳楼吗？你可是男生耶，怎么这么没有骨气！"

奇怪的是，我这样大声地骂他，他不仅没有任何回应，而且还压在我的身上，一动不动。

"千皓辰，你没听到我说话吗？喂，千皓辰！"这个家伙真的好重，压得我都快没有办法呼吸了，可是尽管我喊得这么大声，他还是没有任何反应！

"喂，千皓辰！你这个家伙，难道又装死吗？你给我起……"我用力地推着他的身子，终于把重重的他给推倒在旁边。

正当我坐起身子，想要好好地骂他一顿的时候，却突然发现，躺在我身边的千皓辰紧紧地闭着眼睛，脸色无比苍白，眉头紧紧地皱在一起，额头上还布满了细密的汗珠，连他那张红润动人的嘴唇，都被他紧紧地咬住……

"千皓辰！千皓辰你怎么了？！你生病了吗？天啊，你不要吓我，你快点醒醒！"看着他这个样子，我简直被吓坏了！

千皓辰竟然真的昏倒了！

Vol. 2 白日梦王子

千皓辰真的昏倒了！

"千皓辰！千皓辰！你醒醒，快点醒醒啊！"我有些惊慌失措，因为这一次，我感觉得出来，他不是在开玩笑，他不是在捉弄我！

他的脸色像纸一样雪白，额头上冒出细密的汗珠，连平日里一向非常红润的嘴唇都干涩起来，看起来没有一点儿血色。他的眼睛紧紧地闭着，眉尖拧在一起，好似在昏迷中还承受着无尽的痛苦……

看着这样的他，我突然觉得心脏都揪痛起来。这个家伙……这个家伙怎么会变得这样脆弱了？我以为他一向健康无比，一向精力充沛地想着各种法子捉弄我……可是……可是看到他倒在这里的样子……泪花突然在我的眼眶里荡漾起来。

难道是真的吗？那一次我在老爸的诊断室外，听到他说在服什么药……他真的生病了吗？生什么病？为什么会突然昏倒呢？！

"千皓辰！你醒醒……"我用力地摇晃着他的身体，他没有任何的反应，"不行，不能这样等下去，我去叫人！"

不能眼睁睁地看着他躺在这里，我转身想跑下楼叫同学们一起把他送去医院！可当我起身的瞬间，突然有只手猛地伸了过来，一下子抓住了我的手腕！

"等一下！"千皓辰低沉的声音突然传了过来。

"千皓辰！"我吃惊地回头，发现他居然睁开了眼睛，"你醒了？刚刚怎么回事，你为什么会晕倒？！你生病了吗？是什么病啊？为什么都没有告诉我？！"

千皓辰被我急促的问话弄得微微愣了一下，他用力眨了眨他漂亮的眼睛，苍白的脸颊上，竟然浮起了淡然的微笑。

看着他颊边那深深陷下去的小酒窝，我竟然莫名其妙地有些心慌意乱。

"你笑什么呀，我在问你话呢。"我有些不高兴地对他撇撇嘴。

"我笑你又被我骗了！"他低下头，笑容慢慢地加深，"我刚刚是骗你的，我才没有生病，也没有昏倒，我只是骗你的，想让你害怕，不可以吗？"

呃？！千皓辰的这句话让我有些意外，但是我并没有像以往一样被他气得大叫起来。他骗我的？为了骗我才装昏倒的？不……我不相信。刚刚他那个样子，一点儿都不像装出来的。他痛苦的表情，还有他额头上冒出的冷汗，根本就不是骗人的！如果他连那样也能装，演技未免也太好了吧！

"千皓辰，你说谎。"我不肯相信他，直盯着他的眼睛，"刚刚你的脸色那么苍白，手心都冰冷了。如果不是我拉住了你，你已经掉到楼下摔得粉身碎骨了！

141
PAGE

为了骗我，你连命都不要了吗？！"

他听到我的话，垂下的睫毛微微颤抖了一下。

"因为我知道你站在我身后，你一定会救我的嘛……"他抬起头来，还想要继续说谎，却突然发现我在直直地盯着他，他那双漂亮的眸子竟然不由自主地躲闪了一下。

他一定在说谎！我看出来了！这个家伙一向那么大大咧咧，从来都是直视着我说话的，可是他今天的眼神居然在闪躲！而且他的脸色还没有恢复，额上的冷汗还在一颗接一颗地冒……

"如果我不救你，你就真的跌下楼去了耶！"我突然有些不高兴，为他违心的欺骗感到生气。

"你不会不救我的，小桃子。其实我知道，你是一个很善良的女生，才不像那个女生说的那样，没有把我当成真正的朋友。从我们相遇的那一天起，善良的你已经把我放在了你的心里……"他抿着嘴唇对我说，表情似乎还有些得意。

可这句话却让我的脸颊都快要抽筋了，这个家伙又在乱说！

"喂，你少自以为是，我什么时候把你放进我心里了？你是我什么人啊？肉麻死了！"我搓着自己的胳膊，不知道那里起了多少鸡皮疙瘩。

"你是一个口是心非的人，我知道。因为我也是这样的人。"他继续说，笑容也越来越灿烂，"我很高兴能认识你，小桃子。我也很高兴你对我发脾气，因为那让我觉得，你真的把我当成朋友。其实我该谢谢那个女生，因为她让我知道了小桃子的心里还是有我的。"

"哇，Stop！"我被他说得脸突然涨红了，立刻忍不住大声叫道，"停！停下！千皓辰你摔糊涂了呀？到底在这里乱七八糟地说什么？那么肉麻，而且还说得像是遗嘱似的……你干什么呀？以前缠着我不放，现在突然良心发现，想要离开了？”

“也许……是吧。”千皓辰突然低下头，低低地说了一句。

我的心竟然为他这句话，而猛然颤抖了一下。

也许……是吧？什么是吧？是摔糊涂了，还是他……真的要离开了？！不会吧，这个家伙昨天还躲在我家浴室里吓唬我呢，今天竟然说起这么伤感的话来？更奇怪的是，当他低下头，垂着那长长的浓密的睫毛，说着低沉而沙哑的话时，我竟然觉得他这样的神情，好像童话里的那位王子耶！王子也常常是这样低着头忧伤着，那双淡蓝色的眼睛里，似乎要有什么晶莹剔透的东西慢慢地溢出来……

今天的千皓辰，竟然也是这样的表情，也是这样沙哑而性感的声音！天啊，这是怎么回事？！

“你……到底是谁？！”我情不自禁地脱口而出。

千皓辰愣了一下，抬起头看着我。那双很漂亮的眸子里，浅浅的蓝色像水晶一样晶莹透明，纯净澄澈得就像我在童话中看到的大海……

突然间，他的眸子微微地弯了起来，像是月牙一样的漂亮，他颊边的酒窝也微微地陷下去，灿烂的笑容浮现在他的脸上：“小桃子，如果我跟你说，我是一位王子，你会相信吗？”

呃……啊？！刚刚我还觉得他和童话里的王子很相像，他就突然给我冒出这样一句话来，顿时把我吓了一大跳。

“王……王子？！”我下意识地摇摇头，“你又骗我吧？现在哪里还有什么王子？就算有，也是在英国、摩洛哥那样的西方吧，东方这边哪里有什么王室？啊！难道……你是日本人？！”

咣当！这一次晕倒的不是我，而是千皓辰。

他很无奈地做了个倒地不起的动作，而且脸上还分明地挂着三根黑线。

"小桃子，你上历史课一直都睡觉的吗？难道你不知道，日本王室已经近三十年没有男婴出世了！居然说我是日本人……好伤心哪！"千皓辰捧着胸口，好像我真的伤了他的心一样。

看着他搞笑的样子，我忍不住要笑出声来。可是他现在这么健康活泼，刚刚又为什么……

"好啦好啦，对不起嘛。我历史课的时候真的都在睡觉，尤其是近代史、日本史，更是没有兴趣。"我破天荒地跟他道歉。

千皓辰听到我的道歉，笑意立刻加深："咦，小桃子，你好像变乖了耶，以前你总会和我吵个不停。这下相信我了吧？我真的是一位王子，你想不想做我的王妃？"

咣当！这一次晕倒的是我了！

就知道这个家伙三句话就没有正形，我只不过是为没读历史而道歉，谁说相信他了？

"少来了啦，你就在这里做梦吧！还王子……你要真是王子的话，那我就是白雪公主了！你以为王子都那么好当的啊，王子有很多痛苦的你知不知道？自己的路不能走，自己的想法不能现实，自己喜欢的人不能和她在一起，自己的未来只能被别人决定……王子……你做梦吧！"我管不住自己的嘴，立刻又打击他道。

千皓辰惊异地瞪着眼睛，吃惊地看着我："小桃子，你……怎么会知道得这么清楚？"

我怎么知道？当然是童话里的那位王子告诉我的……可是这种话怎么能和这个家伙说，一旦说了，他肯定要笑我做白日梦的！

"管得着嘛，反正我就是知道，所以你别想骗我！"我拍拍自己的校服裙，从地上站起来，"既然你没事的话，就早点回家吧，你的脸色真的很不好，居

Cinderella
蜜桃 梦恋曲
Cinderella

木马拍打翅膀,飞出旋转的轮盘,

在夜空中踏出点点星光,

串起一条通往梦幻国度的美丽银河。

然都开始做起白日梦来了，还是回家休息吧。"

"我没有啊，我说的是真的。"千皓辰郑重其事地说道。

"行啦行啦，你说的都是真的，回家吧。"

"我不要，我要等你放学一起回家。"

"回家吧！"我有些不耐烦。

"不要，我等你。"

"回去啦！"

"不……"

"快点回去啦！"我生气地对他大吼一声，吼声绝对会响彻整栋教学楼。

这个男生还没闹够吗？到底还要惹出什么事情来啊！

❧ Vol. 3 坏人又来了 ❧

不知道是不是因为我在天台上对他太好了，这个千皓辰一点儿都不听我的话，居然接连几天都跑到我们学校里来，害得我连课都上不好了。

"大哥，我拜托你，不要再来我们学校了好不好？"在回家的路上，我无可奈何地对他说。

"为什么？我觉得很好玩啊。"千皓辰帮我背着书包，一脸认真地看着我。

"可是我觉得一点儿都不好玩。"我有些不高兴地撅起嘴巴，"千皓辰，你到底从哪里来的？如果真的这么喜欢我们学校，不如让你妈把你转到我们学校里好了。"

虽然很不喜欢被他纠缠，但如果他转到我们学校，那些女生就不会对我虎视眈眈了。

听到这句话，千皓辰微微地皱了下眉头，表情变得有些凝重："难道只有

告诉妈妈才能转学吗? 我那天不是跟你说过我是王子, 所以不可能到这种普通学校里读书的。"

"哈! "一听到他这句话, 我笑得差点直不起腰来了, "千皓辰啊, 你有王子病吗? 一直不停地说自己是'王子王子', 我告诉你噢, 你再叫自己'王子', 我就叫自己'白雪公主'! "

"好啊, 白雪小桃子公主。"千皓辰听到我的话, 不仅不生气, 还热情地称呼起我来, "小桃子, 如果你真是白雪公主的话, 我一定娶你做我的王妃。"

千皓辰用他那双漂亮的蓝色眼睛瞪着我, 居然一本正经地冒出这样一句话。

"扑哧——哇哈哈哈! "我终于忍不住了, 立马就捧着肚子爆笑出声!

"喂, 千皓辰, 我怎么从来不知道你是这么搞笑呀! 你王子病深度中毒啦? 真把自己当成王子了, 还什么王妃……噢哈哈哈! 这是我今年听到的最好笑的笑话! 不好, 我的肚子都笑痛了! "我笑得前仰后合, 肚子一阵咕噜噜地疼起来。

王妃! 这个大 ET 居然用那么认真的表情对我说, 要我做他的王妃耶! 天啊, 他要是王子, 我就真的变成公主了! 就像童话中的一样, 和那么英俊、那么帅气的王子殿下相遇……如果我能做那位王子的王妃就好了。只要能天天看到王子那忧郁的蓝色眼睛, 就算像人鱼公主变成大海里的泡沫, 我也心甘情愿。

可是这个家伙……

我把头转过去, 发现千皓辰竟然生气地对我抿着嘴唇, 好像我说了多么过分的话一样。我从来没有见过他"生气"的表情, 看到他挑着眉毛, 皱着眉头, 撅着嘴唇, 好像马上就要扑过来咬我一口的样子……

"小桃子! 你很可恶耶! 我不理你了! "千皓辰被我气得脸上红一阵白一阵, 居然用力地一甩手, 真的不理我了。

"哼，不理就不理，谁怕谁呀！"我对着他伸舌头扮鬼脸。

千皓辰气得对我瞪圆眼睛，却完全没有办法。他真的生气了，用力地一甩自己身上的背包，转身就跑！

我看着他渐渐跑远的身影，这才发现，我的书包还在他的肩上！

"喂，等一下，千皓辰！"我大声地对他喊着。

"我才不要！以后我都不要再理你了！"那个家伙头也不回，硬生生地给我丢回一句。

"我也不想理你！可是……我的背包要还给我呀！"

这个家伙根本不理会我的叫喊，臭家伙，倔强起来的样子还真不可爱！不行，我要抓他回来！

我抬腿就朝他追了过去，就在我快要追到的时候，千皓辰突然转身，朝着马路的对面跑去！

正在这时，一辆黑色的轿车疾驰而来，正冲着千皓辰的方向！

"千皓辰！小心！"

我去救他已经来不及了，只能惊恐万状地看着他失声尖叫！

那个倔强的家伙似乎听到了我的尖叫声，就在车子快要撞到他时，千皓辰竟然朝着马路的对面猛然一闪！

咻！刷！刹那间，黑色车子擦着千皓辰的身体疾驰而过！

"噢，我的妈呀！"我被吓得心脏都要停止跳动了！

千皓辰跑到街的对面，竟然还转过头来对着我挥手微笑，好像很得意的样子。我真是快要被这个家伙给气死了！

"千皓辰！"我站在马路对面气得对他大吼大叫，"你活得不耐烦了吗？！干吗突然跑到街中心？找死也不是这样找的！"

他疯了吗？为了躲我，连命都不要了啊！

千皓辰听到我的咒骂，笑容竟然更加加深："你怕什么啊？小桃子，难道你害怕我死掉？"

"呸呸呸！你这个臭乌鸦嘴！"我气得双手叉腰，做茶壶状，"你不要乱说话，快点给我回来啦！"

"不要，有本事你过来追我好了！"千皓辰竟然越笑越得意，还挥了挥他肩上的背包，一副我奈他如何的表情。

啊啊，这个家伙不气死我不甘心呢！居然还对着我挥书包！好，就让我跑过去抓住他！

我朝着马路对面的他跑了过去。可就在这个时候，那辆刚刚擦着千皓辰的身子疾驰而过的车子，突然又倒了回来！而且依然是那样急速，但却猛地在离千皓辰不远的地方来个了急刹车！

吱——

车子的轮胎磨起一股浓重的橡胶味道。

突然之间，一股不祥的感觉蹿上我的心头！不好，千皓辰有危险！

黑色的车门突然间打开了，几个穿着黑色西装的人跳了下来，他们动作迅速地朝着千皓辰冲了过去！

啊！

熟悉的记忆立刻就涌上我的心头，一看到黑色西装打扮的人，我瞬间就想起了我和千皓辰第一次相遇的时候，那些追在他身后的男人们！难道……他们又追到这里来了？因为刚才我在路上叫了千皓辰的名字，被他们听到了，所以又返了回来？！

啊，不好！我吃惊地捂住了嘴巴。

千皓辰还什么都没发现，看到我愣在马路中间，对着我大声喊道："小桃子，你怎么傻站在街中间？刚刚还说我笨呢，你还不是一样！"

"千皓辰！"

那些男人已经朝千皓辰直冲过去，我大叫一声，也不管马路中间的车水马龙，不要命地朝着他直奔过去！

吱——刹——咻——

为了闪避我的飞奔，路上的车子一阵急刹车。我连自己的命都顾不上了，几步就冲到千皓辰的面前，在他吃惊地对我大张着嘴巴的时候，一把就抓住了他的手！

"千皓辰，快跑！"我用力地抓住他的手腕，转身就跑。

千皓辰被我拖住手腕，没有办法挣脱，只好跟着一起跑！

"小桃子，怎么了？你把人家车子撞坏了？！"他跟着我飞奔，嘴还不闲着。

天啊，我真想脱下我的鞋子，用力地塞到他的嘴巴里去。

我可是在帮他耶！他倒好，居然问我是不是把人家车子撞坏了？车子是铁打的，我可是人呢！要撞坏的也是我！这个没有良心的家伙！

"别问了，快点跑！"我拉着他，头也不回地就朝前飞奔。

那群西装男一定在追我们！我知道千皓辰一定不想被他们抓到，所以我一定要救他，就像上次一样，一定要救走他！

顺着马路上的人行道，我拉着他不停地向前飞奔着。路边的梧桐树在我们的身后退去，街上的车流在我们的身边穿行，喧闹和繁华似乎都开始渐渐消失了，我依稀能听到他跟着我的脚步声，感觉到他热热的呼吸……我们的手交握在一起，我的掌心贴着他的掌心……

我突然产生了一种奇怪的感觉，好想和这个家伙一直一直这样跑下去……跑到天边也好，跑到海角也好……只要我还握着他的手，只要我们还在一起……

"小桃子，到底发生了什么事情啊？你跑得好快，我跟不上你了！"千皓辰

在我的身边重重地喘息。

"你好笨耶，到底是不是男生？才跑这么两步就……"我有些不高兴地转过头去看他。

我是想要救他耶，才会这么不要命地拉着他跑，他却……当我一转头时，却被他的脸色吓了一大跳。那种苍白又浮上了他英俊的脸孔，汗珠也一颗接一颗地从他的额际滑落下来。我一下子就想起了在天台上昏倒的他，难道千皓辰的病又……

我伸手要去扶他，却发觉千皓辰的表情猛然一僵。

从他蓝色的眸子里，反射出几个黑色的身影。我扭过头去，吃惊地张大了嘴巴，因为我清楚地看到，在我们的面前，聚集了好几个穿着黑色西装的高大男人……他们似乎是兵分两路，一部分人抄小道赶到了我们前面，把我们牢牢地给包围了起来。

"喂，你们干什么？休想抓走他！"

几乎是下意识地，我张开双臂一下子就挡在了千皓辰的面前。

Vol. 4 谁也不能伤害他!

"你们谁也不能碰他！"我张开双臂，像保护小鸡的母鸡一样保护着千皓辰。

我不知道这些男人是什么来头，但是现在千皓辰看起来很虚弱，好像马上要昏倒的样子！我不能让这些人把他抓走，我一定要保护他！

穿黑西装的男人没有想到我会跳出来，他们相互对看了一眼，一个头目似的人从他们中间走了出来。

"小姑娘，这里不关你的事，所以请你让开。"那男人开口，语气不容商量，"今天我们是一定要带他回去的。"

"你们休想!"不等他说完,我立刻就大声反驳道,"没有我的同意,谁也别想带走千皓辰!不然就让你们尝尝我'蜜桃神拳'的滋味!"

我对着他们挥动着小拳头,虽然知道对那些男人来说,这可能是无关痛痒的一击,但为了保护千皓辰,我一定会跟他们拼命的!

那男人的面色有些微变,对我的不满意已经到了极点:"小姑娘,我们话已经说了,请你让开!今天我们一定要把他带回去,无论任何人,都不能阻止……"

那男人一边说话一边走过来,突然朝我的身后伸出手,想趁着我不注意,一把抓住千皓辰!

"喂,我说了,不许碰他!"我一看到这人竟然先动手,立刻就下意识地猛力挥拳!

砰!我的"蜜桃神拳"狠狠地朝着那个男人的眼睛猛击了过去!

"啊!"那男人一声惨叫,立刻倒退两步!

哼,我知道我的"蜜桃神拳"没有什么太大的威力,所以就一定要朝着要害部位下手!我已经警告过他了,居然还这样无视我,真是太过分了!

"警卫长!"其他人看到那人受伤了,立刻都吃惊地大叫起来,纷纷怒视着我。

哇呀呀!我的"蜜桃神拳"只能勉强对付一两个人啊,他们要是一起冲过来的话我可没法招架!天啊,他们这群人太可恶了,怎么可以以多欺少!

"不许碰她!"一直被我保护在身后的千皓辰,猛地大吼了一声。

几只同时朝着我伸过来的手,顿时都僵硬地停在半空中,谁也不敢再向前移动半分。

"你们如果敢抓小桃子,我这辈子都不会回去!"千皓辰威胁的声音从我的身后传过来。

那群男人的表情顿时都僵住了，连那个被我打成"乌眼鸡"的什么长都愣在那里。

我有些吃惊，没想到这些人居然会这么听千皓辰的话？他们不是来抓他的吗，怎么还会怕他？我不解地转过头去。

千皓辰站在我的身后，英俊的面孔是那样的凝重。

我从来都没看过他这么严肃的神情，那张一向绽满了灿烂微笑的脸孔，竟然板得那么严厉，抿得紧紧的唇边泛着一丝不可抗拒的威严。他瞪着明亮清澈的眼睛，脸色有些微白，原本红润的嘴唇像是缺氧似的泛出令人心疼的青紫色。

千皓辰……怎么了？

"少爷！""乌眼鸡"又开口，叫得居然那么恭敬，"您已经离开太久了！老爷非常担心，这次一定要我们带你回去。还有夫人的事情，难道您要缺席吗？老爷可是……"

"Shut up！"千皓辰的嘴里突然蹦出一句英文，"不要再说了，我不想听，我也不想回去！我在这里过得很好，甚至想永远在这里生活下去！我不会回去的，你们走吧！"

咦，他们在说什么啊？什么老爷、少爷，还有夫人？而且千皓辰看起来真的生气了，以他的个性，他从来不会对人说这么重的话的，而且还用英文……他们之间的气氛真的好奇怪！

我有些不明白地看着千皓辰，他的目光是那么忧郁，淡蓝色的眸子里星光点点，好像有什么就要从那里涌出来一样。

我忍不住皱起眉，他这样的目光真的让人好心疼。这个目光，怎么越看越觉得那样熟悉？

"少爷！这样逃避是不可以的，不要忘记你肩上担负的责任！""乌眼鸡"

大声地对着千皓辰说道。

"不要跟我提什么责任！"

千皓辰像是被这句话刺痛了，突然暴怒地大叫一声，把所有人都吓了一大跳！

"你们还想要我负什么样的责任？为什么就只有我要去负那责任？！谁替我想过？谁替我分担过？每次你们都只会逼我逼我，拿那些条条框框来约束我！这个不能，那个不行，做这个不可以，做那个不可能！我还是人吗？我连选择的权利都没有吗？难道那个晚上还不够吗？到底还要怎么折磨我，还要让我再承受什么样的伤害！"

千皓辰暴怒地对着所有人怒吼起来，有些声嘶力竭的味道，甚至连他那双漂亮的蓝色眼睛里，都有晶莹剔透的东西猛然涌了出来。

我看到他红红的眼圈，看到他湿润的睫毛，看到他愤怒、怨恨、痛苦的眼神和表情，虽然听不懂他在说什么，但是那些字句，却像是从他的心底最深处涌出来的伤痛，带着血淋淋的痛苦！

千皓辰……

从没有见过他这样痛苦的表情，竟然让我的心都不由自主地痛了起来。

"少爷，您误会了。老爷其实不是故意要那样做的，那天晚上实在是因为赶不回来，所以连夫人的最后一面都没有……""乌眼鸡"似乎还想要解释什么。

可是千皓辰的表情却突然一变！

那张本来已经很严肃的面孔，在"乌眼鸡"说出这句话之后，竟然刹那间变得比纸还要白！他的眉毛猛地纠结在一起，痛苦的冷汗和着眼泪一下子就涌了出来。

"不要说了！不要说了！"千皓辰一只手捂着额头，一只手按住胸口，"我不要听！我不想再听！如果不想我真的死在这里的话，就不要再说了！"

千皓辰的身子猛地摇晃起来，就像那天他坐在天台时一样。他的腿软得几乎不能支撑自己，一下子就跌坐在地面上。他似乎在拼命地隐忍着痛苦，好像随时都要倒下一样！

"千皓辰！"我被他的这个样子吓坏了，连忙蹲在他的身边，扶住痛苦的他，"你的病又犯了，是不是？"

这个家伙总是不肯跟我说实话，其实我早已经看出来，他是真的生病了，而且还病得很厉害，很严重！

"你很难过吗？有什么办法吗？要不然……我送你去我爸的医院，让老爸帮你治疗！"我着急地握着他的手，安慰着他。

千皓辰一下子紧紧地抓住了我，他的手掌是那样地用力，指尖几乎都快要陷进我的掌心里。

我疼得冷汗直冒，但却没有挣脱。因为我知道，他一定比我更痛，一定比我更难过，所以才会握得这么用力！

"蜜儿……"他咬着牙叫着我的名字，声音颤抖得那样厉害。

这是我第一次听到他这么亲切地叫我的小名，可我却没有任何甜蜜的感觉，眼泪一下子就涌了出来。他这么紧紧地握着我，仿佛这个世界上只剩下我一个可以信任的人。只是这短短的两个字，我就能将他的那种孤单、那种痛苦，体会得一清二楚！

"千皓辰，我们走！我带你走！"我努力地想拉起他，想把他带离这些人！

"不行！""乌眼鸡"立刻反对，"我们绝对不会再让你把少爷带走！"

他伸手就来抓我，正好抓到我扶着千皓辰的那只胳膊，我立刻被他拉得一个趔趄，差点就摔倒在地上。

"不要碰蜜儿！"千皓辰忍着痛楚，嘶哑着声音大叫。

"放开我！我不许你们带他走！"我用力地想甩开那个"乌眼鸡"的手。

旁边那些男人，看到我们的挣扎，竟然一拥而上。有的人去抓千皓辰，

有的人来抓我，还有的人硬生生地掰着我们两个交握在一起的手，一下子就把我们两个人给扯开了！

"放开我！放开我！不许你们带皓辰走！谁也不许带他走！"我大声地叫喊起来，看着千皓辰痛苦的样子，只想一下把他拉回来！

这群臭男人，只会欺负皓辰的坏男人！

我生气了，用我的"蜜桃神拳"朝着他们一个个地挥去！

"蜜儿！"千皓辰被几个男人拉住了，咬着牙忍着身上的疼痛，用力地对我伸着手。

"皓辰！"我也用力地对他伸出手，想要再次抓住他。

我拼命地和身边的几个男人拉扯着，还用力伸长了我的手，朝着千皓辰的方向……就快要碰到了！再有一点点……一点点就可以碰到他了！千皓辰，我来救你了！我来了！

"把他们拉开！""乌眼鸡"大声下令道。

"这个小丫头太厉害了！"有人大喊。

"打晕她！"

砰！

我的手指滑过千皓辰的指尖，突然觉得脖颈后面一阵重重的酸麻，眼前立刻就一片漆黑！

"陶蜜儿——"千皓辰的尖叫，像是要穿破我眼前的重重黑暗……

小王子，我救不了你了……

7

章节

★

再入童话迷宫
I'm Snow White

★

Vol. 1 白雪公主的梦

黑暗，我掉进了无边的黑暗……

耳边似乎还响着千皓辰嘶哑的呼喊，指尖还感觉得到与他滑过的掌心……他们抓走他了吗? 他们真的把千皓辰带走了吗? 不，不可以! 他还在生病，他又要昏过去了! 不可以带他走，谁都不可以带他走!

"不可以!" 我大叫一声。

"醒过来了! 公主醒过来了!" 耳边突然传来惊呼。

"真的吗?" "醒了?" "她还好吧?" "药水还要不要喝?" "不用啦，很苦的。" "醒了就好呀!" 一连串不同的声音乱七八糟地在我耳边响起，好像我的身边围了好多人。

不过……公主?!

这个称呼让我很意外，我怎么会是公主呢，难道以为我和那个千皓辰一样，也得了"王子病"吗? 除非在那个美丽的童话电影院里，我才当过两次"公主"，现在怎么又有人叫我公主了呢!

我有些疲倦地睁开眼睛，可视线才刚刚聚集起来，就让我大吃一惊。

我竟然看到了一片低矮的、用木头制成的房顶! 连墙壁都是用木头做的，屋子里的家具泛着淡淡的原木清香，甚至连我躺着的这张小小的木床也……

我转动着眼珠，忍不住朝身边打量了一下，可是才一眼，我就立刻——

"啊!" 我被吓得大叫一声，几乎一下子就从小床上弹起身来!

不是看到了什么妖魔鬼怪，而是看到七个穿着不同颜色的衣服，但同样个子矮矮，还留着长长的雪白胡子的——小矮人!

天哪，不会吧？七个小矮人？那不是白雪公主童话里的人物吗？难道……难道我又掉进童话里了？而且不会真的让千皓辰说中了，我……变成白雪公主了吧？！

我有些不能相信地低下头来，朝自己的身上看了一眼。

哇！

淡黄色的大蓬裙，宝蓝色的小上衣，绣着美丽花边的泡泡袖子，脖颈后面，还有白雪公主标志性的像盛开的小孔雀一样的公主领！天啊，我真的变成白雪公主了？！

"你们……你们是七个小矮人？"我有些吃惊地开口问道。

"当然啊，公主难道不认识我们了吗？"七个小矮人里看起来最老的一个开口道。

"不是不认识，是不敢认……"我看着他们围在我身边的样子，心里七上八下、忐忑不安。

不会吧，这也太夸张了！我明明刚刚还和千皓辰在一起，怎么这一次……这一次又跑进童话里来了？虽然我真的很喜欢白雪公主的故事，可是千皓辰还在生病呢，那些人又要抓他走……我还要救他呢，怎么一下子又把我送进童话里来了？

"公主怎么了？难道真的生病了吗？我们刚刚从金矿回来，就看到你昏倒在小床上，真的很担心你呢！"

"对啊，那个坏皇后还在到处找你的麻烦，你可千万千万要小心啊！"

几个小矮人纷纷向我述说。

啊，白雪公主其实真的很幸福呢，有这么多小矮人的关心。不过，现在可不是让我享受经典童话的时间。我还清楚地记得，在我昏倒之前，千皓辰已经病得那么严重，还有那些要把他抓走的坏人……

"陶蜜儿——"

他那声嘶哑的呼唤还响在我的耳边，就像是梦萦般，挥之不去！

不行，我现在不能留在这么美丽的童话里，我要回去！我要去救他！

想到这里，我立刻从小矮床上翻身起来，想要离开这间屋子。

"公主，你去哪里？"小矮人们马上发现了我的意图。

"白雪公主，你不能离开这里啊。坏皇后还在派人抓你呢，如果被她抓到了，那可是很恐怖的事情。"

"对啊对啊，公主最好还是留在这里吧。"小矮人们纷纷开口说。

"我……"我想开口说我不是白雪公主，但是话到嘴边，却又不知道该如何跟他们解释，"我有一个朋友受伤了，现在非常危险，所以我不能留在这里，我要去救他……"

"朋友？公主在这个森林里有什么朋友？"

"不会又是那个坏皇后派来的人吧？"

"公主可千万不能相信任何人啊！"

"不能靠近任何人！"

"不过除了英俊的里奥王子。"

"当然当然！王子太帅、太善良了，一直保护着公主啊！"

小矮人们叽叽喳喳地吵成一团。

坏皇后？啊，白雪公主的后妈！

里奥王子？那又是谁？

看着他们吵成一团，我很感激他们的关心，但又不能久留在这里。我有些抱歉地对他们说道：

"对不起，那位朋友真的在等着我，我必须回去救他，所以我……"

趁着他们不注意，我一把拉开了小木屋的房门，猛地就朝外面冲去。

161
PAGE

"公主你不能出去！"

"外面太危险了！"

小矮人们立刻大叫起来。

"你必须去救谁？！"

这时从门外突然传来了一个熟悉的声音。一个高大的身影，突然挡在了我的面前。

我被来人挡住了去路，忍不住抬起头来，才看了一眼——

"啊，是你！"

站在我面前的人，穿着金色丝绒花边的蓝色上衣，雪白笔直的长裤配着一双锃亮的黑色马靴，披着银灰色柔软的披风，看起来是那样的高大英俊而又气度非凡。尤其当金灿灿的阳光落在他的肩上，亚麻色的长发和金色的肩章泛着明亮的金色光圈，把他衬托得仿佛来自天国的天使，英俊帅气中带着纯净清澈的迷人感觉。

当他对我闪动着他那明媚的双眸，那泛着淡淡浅蓝色的光芒落在我的脸上时，我几乎快要尖叫出声了。

他是……齐可夫里德王子、海琴王子！

他似乎感觉到我已经认出了他，对我绽开一个浅浅的微笑。

"你好，公主殿下，我们又见面了。"他脱下手上洁白的手套，很自然地捧起我的手，轻轻地亲吻了一下我的手背。

我被他的动作弄得惊愕了，好大一会才反应过来："你……你好，王子殿下。"

啊，果然又是那位温柔优雅的王子殿下。几乎在每个童话里，我们都可以相逢耶！我一直以为白雪公主的故事里，王子是最后才出现的。可是没有想到，在这个童话里，王子早就和白雪公主相识了。那么他在这里的名字叫做……

"里奥王子！"

"王子你来啦!"

"公主刚刚闹着要离开呢!"

"您快劝劝她吧!"

小矮人们争先恐后地对着他叽叽喳喳。

里奥王子? 他真的又变成了这个故事里的里奥王子吗? 看来我们的缘分还真是不浅呢!

他看着把他围成一圈的七个小矮人, 善解人意地挥了挥手。

"好了, 公主可能是太闷了, 所以会身体不好。我带她去森林里走走吧, 你们放心, 我会保护她的。"他对着那些小矮人微微地笑了一下, 伸手牵起了我的手, "走吧, 公主殿下。"

"呃?!"我被他拉得愣了一下, 因为除了千皓辰, 我还从来没有被任何男生牵过手。好奇怪啊, 这位王子的掌心也是凉凉的, 竟然和千皓辰的感觉很相似呢!

啊, 陶蜜儿呀, 陶蜜儿, 你是不是疯了? 怎么现在满脑子都装着千皓辰呢?

我没有挣脱开里奥王子的手, 就这样被他从小矮人的木屋里半拖半拉地牵了出来。

Vol. 2 那个重要的朋友

夕阳西下的森林里。

层层叠叠的树枝交织在一起, 像是一把撑开的巨大绿伞, 遮出一片沁人心脾的绿阴。金灿灿的光线从树叶的缝隙间洒落下来, 映照在翠绿的草地上, 泛出一个个淡淡的光圈。森林里真的很安静, 除了鸟儿们挥动翅膀的声音, 几乎听不到任何声响。

不过此时却有轻轻的马蹄声踏在林间的小路上，那是默默走在我身边的里奥王子的雪白坐骑。

说真的，他真的是一位帅气、迷人、温柔、体贴的标准版王子。就像每一篇童话里所描写的一样，细心，温柔。开心时的笑容能把冬日里的冰川融化，忧伤时黯然的眸子能把每一个女生的心紧紧揪痛。

我感激上天让我遇到这么好的一位男生，即使只是在童话中，即使只是一个美丽的梦。可是，为什么今天看着身边安静的他，我竟然觉得他的侧脸和那个千皓辰有着几分的相似！连那淡淡皱起的眉头，那双泛着浅浅蓝色光芒的眼睛都像极了默默坐在天台上的千皓辰！

啊！晕了晕了！陶蜜儿，你今天这是怎么了，怎么一直把这位英俊的王子朝千皓辰靠近？！

我有些头晕地甩甩脑袋，他却刚刚好转过头来，开口问道："怎么了？不舒服吗？"

"呃？不……不是的。"我把自己的小脑袋甩得像拨浪鼓一样。

"真的吗？刚刚小矮人不是说你昏倒了吗？还好吧，如果很不舒服的话，就上马吧。"他体贴地看着我，把跟在身后的白马牵了过来。

"不用的，真的不用。"我连忙摆手，虽然白马王子很帅，可白雪公主根本不会骑马呀！

"你今天有点奇怪。"他看着我的眼睛，突然冒出一句，"以前每次见到你，都是很开心、很快乐的样子，怎么今天……那个你想要去救的人，真的很重要吗？"

呃？！

他的话锋突然一转，让我的心脏突然重重地漏跳了一拍。

刚才在小木屋里他就问了这个问题，可我没有回答。现在他又问起，好像已经没有办法再躲避了。

"嗯，他……"我咬住嘴唇，不知道该怎么回答，"他是一个很好的朋友，所以……"

"他对你很重要？是男生吗？"里奥王子真的聪明无比。

我看着他的眼睛，有些为难地张了张嘴巴，真的不知道该如何回答。

千皓辰对我很重要吗？那个只会欺负我、捉弄我、打击我，甚至气我的男生，真的对我很重要吗？我不知道他在我心里是什么样的位置，但是当他捂着胸口、痛苦地流下眼泪的时候，我的心……被狠狠地揪痛了。

"我知道了，你的眼睛已经告诉我了。"里奥王子有些失落地开口，"我以为我们多次相逢，是上天赐给我们的缘分。不过现在看来，王子的命运，是没有办法改变的……下个月我要订婚，不知道你能来参加吗？"

"订婚？！"他突然说出的这个字眼，令我吃惊得瞪大了眼睛，"和谁？上次那个……"

"是的，和上次的那位海边相遇的小姐。原来她就是我父亲为我安排的未婚妻呢，是不是很巧？"他淡淡地笑了起来，可是笑容中，却带着酸楚和无奈，"我曾经以为，找到真爱很难，可是和你相遇了好几次，我又以为找到真爱其实很容易。可今天看到你的表情，我却又发觉……原来找到一个彼此相爱的人，其实真的好难好难……"

啊……

听到从里奥王子口中说出的这些话，我的心忍不住抽了一下。

其实，我也以为自己和他有缘分。虽然只是在童话中，虽然相处的时间那么短暂，可是看到他的微笑，看到他的快乐，即使让我跳四小天鹅，让我跌得"狗吃X"，我也心甘情愿。我不想再看到他忧伤的眼睛，也不想看到他这么黯然的表情……

"不是的，王子殿下！"我连忙开口，"不是你想的那样。那个朋友，在我和他相遇的时候，我还蛮讨厌他的，因为他总是在捉弄我、欺负我，还到处跟人家说什么我是他的女朋友！我真的很讨厌他，还想把他从我家赶走！可是你知道吗？他好像生了很严重的病，总是在很危险的时候突然昏倒。那一次他坐在四层楼上，就突然昏过去了，差点摔到楼下！这次我来之前，他好像又犯病了，而且还有一些人要把他抓走！我是太心急，怕他出什么意外，才想回去救他……我只是……不想看朋友受到伤害……"

我为难地向里奥王子解释着，可是不知道为什么，在我说起和千皓辰的往事时，脑海里竟然忍不住蹦出那些和他在一起的画面——

第一次在停车场相遇，就被他夺去了初吻。

第二次在我家门前，他昏倒在我的怀里。

第三次在学校门口，他那么大声地向所有人宣布我是他的女朋友。

第四次……

第五次……

我们之间竟然不知不觉地产生了那么多的回忆。当看到他对着那些来抓他的人流着眼泪大吼的时候，我的心，真的不知不觉地跟着他一起抽痛了……

"王子殿下，你知道吗？他和你是完全不同类型的男生，但我却不知道为什么，总是在你的身上看到他的影子。假如你们能是同一个人就好了，假如他也能像你一样温柔体贴，假如你也能像他那样可爱快乐……我希望你们都是幸福的，因为对我来说，你们都是很重要的朋友。"

我的眼圈突然湿润了，从来没有过这么无助的感觉。

奇怪的是，当我说完这番话后，刚刚还有些不太高兴的里奥王子，却突然微微笑了起来。

是那种认真而真诚的微笑，完全没有刚才的失落和无奈，他的笑意在眼角眉梢悄悄地浮起，连他的脸颊边，似乎都浮起了一个很轻很淡的浅浅酒窝！

噢！天哪！我眼花了吗？居然看到里奥王子的颊边也有酒窝？！那不是千皓辰那个坏小子才有的吗！

"嗯，我知道了。"王子殿下突然莫名其妙地回答，"有些缘分是要好好珍惜的。好了，我们不说这些了。我带你去森林深处吧，那里有一大片蘑菇园，我们去采一些回来，做一顿好吃的蘑菇汤怎么样？"

啊？！

他的话题转得也太快了吧，我一下子都反应不过来。刚刚还在说朋友的事情，怎么才一秒钟的工夫，就变成蘑菇汤了呢？

里奥王子走了过来，一手揽住了我的腰，就把我朝他雪白的白马上送过去。

"啊……"我被吓得惊叫，我还从来没有骑过马耶！

他把我扶上高高的马背，自己也翻身骑上白马。

"坐好了，我的小公主。"他伸手拉住白马的缰绳，双手护住坐在前面的我，突然就猛地一拉马缰！

"咻——"

高大的白马立刻就抬起前蹄，非常帅气地啸鸣了一声！

"哇啊！"我被吓得大叫一声，从来没有骑过马的我，差点儿就被马儿给掀翻到地上了！

里奥王子用他的手臂揽住我，用那低沉性感的声音在我的耳后说道："别怕，一切都有我呢。"

啊！我的心随着他这句话重重地跳了一下，却突然觉得安心了不少。真的好希望千皓辰也能像他一样，不要只是捉弄我、欺负我，也能像王子一样保护着我……

啊，呸呸！陶蜜儿，你中毒了啦，干吗一直想着千皓辰！

"坐好了，我们出发了！"里奥王子大叫一声，高大的白马立刻就纵蹄狂奔起来！

清脆的马蹄声在森林中"嘚嘚"地响起，里奥王子的银色披风在风中炫目地飞舞，他的怀中还紧紧地揽着第一次骑马的我，那个完全被吓呆的，可怜的白雪公主。

"哇……慢一点！慢一点啊！我快要掉下去了！啊！"

惨叫声一连串地响起，真是对不起啊，美丽的白雪公主，蜜儿又给你丢脸了啦！可是为什么这位殿下越骑越开心，而且还有种故意捉弄我的感觉？！

捉弄？不会吧，他又不是千皓辰！

"驾！"

"啊——救命啊！"

Vol. 3 乌鸦王子和公主

我被里奥王子带到森林深处，两个人采了一大堆蘑菇后回到了小木屋。

这是我第一次在森林里生活，也是第一次亲手采了这么一大堆蘑菇。看着这些大大小小、软软嫩嫩、还泛着淡淡清香的小东西，我都想对着它们一口咬下去了。

"喂喂喂！不能生吃耶！"里奥王子突然伸过手来，一下子挡住我贪吃的小嘴，"这种蘑菇要炖成汤才比较好喝呢。小矮人们都去矿里了，我们在他们回来之前，做出一锅好喝的蘑菇汤吧。"

"啊，做汤啊？"我在家里可是连饭碗都不洗的，居然让我做汤？

不过这可是里奥王子提出来的呀，没有办法，我只好点点头。

他看着为难的我，对我淡淡地笑了一下。

那个笑容居然又有一点莫名其妙的熟悉感，仿佛真的在哪里见过一般。不过没有时间胡思乱想了，快点动手帮忙做好吃的蘑菇汤吧。

这个小木屋里，所有的东西都是原始的，既没有天然气，也没有可以自动点火的燃气灶。我被里奥王子派去给炉灶里点火，而他去清洗那些刚刚采来的蘑菇。

我捧着刚刚找来的木制火柴，突然玩心大发地划了一根，然后对着身边的里奥王子装出可怜兮兮的样子："行行好吧，王子大人，我已经三天没吃饭了。我是卖火柴的小女孩。"

里奥王子正在淘洗那些蘑菇，看到我扮出的可怜表情，忍不住抿着嘴巴微笑。

"卖火柴的小女孩？我看你应该是卖女孩的小火柴还差不多！"

什么？！卖女孩的小火柴？

这又是什么形容词？！难道我扮得不可爱吗？太没有同情心啦！

"好啦，别闹了，快点去点火啦！"他忍着笑意推了我一下，把我推到那个很原始的壁炉前。

算了，本公主大人有大量，就不跟他计较什么"卖女孩的小火柴"了。不过给这种用木柴的炉灶点火，这可是我第一次做呢。

嘶——

我划燃一根火柴，飞速地把它丢进炉子里。

扑——

很不给我面子的是，火柴一下子就熄灭了。

嘶——

我又划燃一根，把它丢进炉子里。

扑——

又熄灭了！

"哇，臭火柴，你怎么这么不听话？为什么一丢进去就熄灭啊？有没有搞错！"我生气地对着手里的火柴大发脾气。

扑哧！

里奥王子听到我的话，在我的身后笑出声来。

"喂，卖女孩的小火柴，你以前不是很会做家务的吗？怎么现在连炉火都点不着了？这种木柴只丢一根火柴是燃不起来的，你要用纸张把它引燃，还要用吹风箱给它吹风透气才能点燃！"

"啊，对啊！"我一听到他的话，恍然大悟，"燃烧是要氧气的耶，我都给忘记了！"

里奥王子看着我，忍不住笑了。

好吧，就找几张纸片来，把它好好地点一下。

嘶——

我又划燃了一根火柴，把手里的几张旧纸点燃，然后把它们送进了炉膛里。看着它们燃烧起来之后，我伸手去找旁边的吹风箱。可是竟然没有耶！

眼看着纸张燃烧得越来越快，木柴却还没有动静，我心急之下，忍不住就朝着炉膛鼓起了我的小脸蛋——

呼！

一口气用力地吹了过去，炉膛里的火苗立刻就窜了上来！

"啊！太好了！太好了，我点着了！"我拍着手就兴奋地大叫。

可倒霉的是，我还没有叫完，一股浓烟呼地一下就从炉膛里扑了出来，还大张着嘴巴的我，立刻就被呛了个正着！

"啊……咳咳！咳咳咳咳！"完了完了，鼻涕眼泪顿时都一起流了下来！

里奥王子听到我的声音，连忙转过身来："啊呀，怎么这么浓的烟？你刚刚拿了湿的木柴吧？木柴一定要用干的，不然就……哈哈哈！"

他的话还没有说完，突然就大声地笑了起来！连那双好看的蓝眼睛也弯成了月牙的形状，那种发自内心的快乐笑容，比我那次跳四小天鹅舞逗他还要开心！

"喂，你笑什么呀！"我难过地揉着自己的喉咙，"你又没有告诉我湿柴干柴哪个可以用……我都被呛成这样了你还笑……王子太没良心了！"

"哈哈！"他看着我嘟起嘴巴的样子，反而笑得更加开心，"我不是笑你被呛，我是笑……白雪公主要变成黑雪乌鸦了！哈哈！"

"什么？黑雪乌鸦？！"我被他这句话吓了一跳，连忙转过身去照了照小木屋墙上的那面小铜镜。

镜中真的照出一个满脸乌黑，只露出一双大大的眼睛和一排雪白牙齿的小姑娘，简直就像一个从煤堆里爬出来的小黑人、从非洲逃难来的小难民啊！

"哇，这……是谁啊？"我对着镜子里的人大叫起来。

"当然是你喽，黑乌鸦公主！"里奥王子大笑起来，笑得连手里的蘑菇都顾不得了，整个人捂着肚子，笑得弯下了腰。

"我才不是什么黑乌鸦公主呢！"我不高兴地撅起嘴巴，"如果我是乌鸦公主的话，我就把你也变成乌鸦王子好了！"

我蹲下身子，在炉灶旁边抹了一手黑黑的炉灰，朝着里奥王子那张帅帅的脸颊上用力地抹了过去。

他正捧着泡在盆里的蘑菇，所以没有来得及躲闪我的攻击，就这么硬生生地被我抹了一脸乌黑！眼看着一位英俊帅气的王子顿时也和我一样变成了从非洲逃难来的小难民，我忍不住大笑起来！

谁说王子永远只能那样优雅、高贵？看他被抹得满脸炉灰的样子，还真的非常可爱！尤其当他吃惊地瞪圆眼睛、看着眼前淘气的我时，那种又惊又气、

想笑又笑不出来的模样，实在是太太太可爱了！

"啊，小乌鸦公主，我要惩罚你！居然敢把我弄成这个样子！"里奥王子大叫一声，朝着我就扑了过来。

"来啊来啊，我才不怕你！乌鸦王子！哇哈哈！"

爽朗的笑声一直回荡在小木屋里。

终于把火点燃了，也终于把水烧开了，只要里奥王子把食材都切好，就可以下锅啦！这还是我第一次自己煮饭吃，不由得兴奋地在他的身边跳来跳去。

"快点啦，水已经滚了耶！"

"知道啦。"他正耐心地切着胡萝卜丁、番茄块、小蘑菇，还有一些绿色的蔬菜。

虽然拿刀的样子不怎么熟练，但还是比我这个厨房小白痴要强上了许多。看着他手起刀落，那些大大小小的蔬菜块就从他的手下被切了出来，不知道为什么，我的心里突然泛起了一阵……可以被称作幸福的……甜蜜泡泡……

这是叫做幸福吗？

当看着一位高大英俊的男生，那么帅气地站在你的身边，手里拿着刀子、垂着长长而浓密的睫毛，正在认真地切着那些将要为你煮的美味，突然好有"家"的感觉呢。仿佛是"新婚夫妻"似的，正在美滋滋地准备着第一顿甜蜜的晚餐……啊呀呀，好让人脸红心跳呀！

我偷偷地瞄一眼身边的里奥王子，他英俊的侧脸让我的胸膛里像揣了一只正在跳桑巴舞的小兔子，怦怦地蹦得我的心脏都快要裂了。如果千皓辰也能像他这样温柔体贴就好了，如果他能像千皓辰一样可爱快乐就好了……

砰！

"啊！"

正在我胡思乱想的时候，里奥王子突然大叫了一声。

“怎么了？”我被他吓了一大跳，连忙问道。

“我的手指头……我的手指被我切掉了！啊啊！好痛啊！”他突然惨叫着握住自己的左手，红红的鲜血从他的指缝间渗出来。我依稀看到他的左手食指已经少了一小截指头，立刻被吓得魂飞魄散！

“怎么会？天啊……怎么会切到手指？很痛吗？我去找药水！”我心急地转身就跑。

“不要找药，要先找到我的指头啊！找到指头才能再接上！”他抓住我大叫。

“啊，是吗？还可以再接吗？天啊，你的指头在哪里？在哪里？！”我被吓坏了，慌成一团地就去翻桌子上的东西。

萝卜块、番茄片、蘑菇片、鸡蛋液、刀子、面粉、辣椒、盐罐、糖瓶……我稀里哗啦一阵乱翻，都没有看到里奥王子的手指头！天啊，掉到哪里去了？难道掉到桌下去了？！

我立刻蹲下身子，马上钻进桌子下面。

“在哪里？在哪里？里奥王子的手指头……”我心急如焚，紧张得都要哭出来了。

“哈哈哈！”谁知道突然从我的头上传来一阵开心的笑声，“喂，小乌鸦公主，你看这是什么？！”

里奥王子蹲下身来，突然朝我亮出了他左手的食指！

那根修长的纤细白皙的手指，还乖乖地长在他的手掌上！

“哇！太好了！你的手指头还在这里！还在……”我捧着他的手掌就要放声欢呼，不过还没叫两声，就立刻发觉到异样，“喂，乌鸦王子，你居然骗我？！”

“是啊，我骗了你，怎么样？！”他对着我吃惊的脸，咧开嘴巴就大笑起来，“我的演技很好吧，这番茄汁很像血吧？你是不是有受伤的感觉呢？原来小乌鸦公主也很关心我的嘛！”

啊啊啊! 什么跟什么啊! 这个臭里奥王子, 什么时候也变得这么爱捉弄人了! 居然像那个千皓辰一样, 也学会欺负我欺骗我加捉弄我了! 呜啦啦, 我收回刚才的那句话, 我才不要他像千皓辰, 更不要千皓辰像他!

"里奥王子, 你太过分了! "我生气地朝着他大吼, 急着从桌下爬出来。

可是——

砰!

"啊, 我的头! "

"哈哈哈! "

小木屋里爽朗而清澈的笑声, 再一次愉快地响了起来。

Vol. 4 白雪公主中了毒

忙碌了大半天, 我们终于把采摘来的新鲜蘑菇变成了美味的蘑菇汤。

当里奥王子将香气扑鼻的汤盘摆上餐桌, 我都兴奋得快要跳起来了。这可是我自己亲手煮的第一顿饭呀! 虽然大部分是里奥王子做的, 但是是我点燃了炉火, 烧好了汤水, 也是我帮忙放了食材, 并一直守着它看它咕噜咕噜地烧熟……

哇咔咔, 真的好有成就感呀!

里奥王子把汤盘放在桌上, 我一看到那五颜六色的蔬菜丝、蘑菇丁, 还有香气扑鼻的鸡蛋丝、番茄片……哇, 口水都快要流下来了耶!

我忍不住拿起自己的小勺子朝汤盘伸过去, 里奥王子抢先一步伸过手来, "啪"的一声拍在我的手背上。

"喂, 不许偷吃! 要等小矮人们回来才可以。"

"呜……"我捧着被打痛的手背, 可怜巴巴地看着里奥王子, "人家很饿啊,你还这么用力打我……"

里奥王子看着我装可怜的模样，又忍不住浅浅地微笑起来："乖乖听话，等大家一起回来吃饭，这是基本的礼仪，不是吗？"

"我也知道，不过，真的好香啊！而且这是我第一次亲手做饭耶，真的好想尝尝味道……"我对着餐盘大眼瞪小眼，口水流得哗啦啦，却只能硬生生地咽回去。

"一定很好吃。"里奥王子的眼睛微微地弯起来，"因为这是白雪公主用爱心做成的美味菌菇汤。不过放心，只要你喜欢，以后我天天和你一起煮这种汤，好不好？"

"真的？！"他的话令我两眼发亮，终于把视线从那盘汤移到了他的身上。

高大英俊的里奥王子就坐在我的对面，他柔软的亚麻色长发在灯光下闪烁着迷人的光芒，他漂亮的蓝色眼睛里，泛着宠爱的柔和光芒。我看着他抿嘴微笑，笑容在帅气的脸孔边浮起一个浅浅的酒窝……我咬着勺子有些呆呆地望着他，仿佛觉得坐在我面前的不再是里奥王子，而是那个总会欺负我、捉弄我的千皓辰……

啊！不对！

我被自己的这个想法弄得猛然颤抖了一下，难道我疯了吗？怎么会把里奥王子看成那个家伙？虽然上次看到他流泪时我觉得很心疼，可是王子是王子，千皓辰是千皓辰啊！他永远都不会有王子的这份温柔，更不会像王子一样帅气地坐在我的面前，更不会体贴地帮我煮出这么美味的蘑菇汤……

想要那个家伙变成王子，恐怕连太阳都要从北边升起来了！

"唉！"我忍不住叹了一口气。

"怎么了？"坐在餐桌对面的里奥王子却敏锐地发现了我的叹息，"为什么又叹气？还在担心你的那位朋友吗？"

"呃？没……没有啦。"听到里奥王子再次提起，我才又想起那个进入童话前的危险时刻。

可是每次进入童话还是离开童话都是不受我自己控制的，虽然我刚才真的很心急地想要离开这里，但是也没有办法啊！我真的好希望千皓辰他平安无事！

"他不会有事的，你放心吧。"里奥王子突然这样对我说道。

"呃？你在说什么？"我有些意外。

里奥王子浅笑，唇边的笑意明媚动人："我说你的那位朋友不会有事的，他会像你希望的那样，非常平安的。不过，我突然有个冒昧的问题想要问你。"

"什么问题？"我不解地对他眨着眼睛。

"如果我和你的那位朋友同时出现在你的面前，你会……选择哪一个？！"里奥王子突然收起了笑意，很认真地问道。

"呃……"

他这个问题真的把我问住了，明明还没有吃晚饭，我却一脸差点被噎住的表情。

"干吗要这样问啊……"我有些心虚地看他一眼，"你……你和他根本不同，你们是两个人好不好。而且我跟他又没什么，怎么会选择……"

我皱起眉头，咬着自己手中的勺子，实在不明白里奥王子干吗突然对我提出这样的问题。

"如果我们是同一个人呢？"他突然又冒出一句。

"绝对不可能！"我连想都没想，立刻就脱口而出这句话，"你和他完全不同，根本不可能是同一个人。王子殿下你都不知道那个家伙有多么坏！从我们相遇开始，他就一直捉弄我、欺负我，天天以打击我为乐，每天都要对我恶作剧。我真的快受不了他了，为什么世界上会有他这种这么无聊的男生！"

我愤怒地向里奥王子诉苦，对那个千皓辰的怨气真是三天三夜也诉不完啊！

"他既然这么坏，那你为什么还一直担心他呢？"

我的话音还未落，里奥王子的惊人之语马上又蹦了出来。

呃……我……担心他？！

我是在担心他吗？自从被送进这个童话里，我的心里总是念念不忘他犯病时的痛苦表情，总是牵挂着他是不是真的已经被那些坏男人抓走了，我担心他的眼泪，担心他的病情，担心他的安危，担心……甚至眼花到几次三番都把眼前的里奥王子看成了那个可恶的男生！

啊，怎么回事，我竟然真的在担心着他？那个千皓辰？那个让我生气、让我愤怒，却也让我流泪、让我心痛的男生？！

"我没说错吧，你真的在想念他。"里奥王子对着我微微地摇了摇头，"小公主，有时候，我们总是无法感受到自己的真正想法，那是因为你正沉浸在那个想法里而无法自拔。那些我们拼命想要躲开、避开、不想面对，总是大声说着讨厌的人或事，才是真正进入到你的心里，让你永远都无法忘怀的人，比如亲情，比如爱情。"

啊……里奥王子说得好高深耶，我好像有一点听懂了，又好像有一点没有听懂，他到底是在对我说什么呢？那个真正进入我心底的人，到底是谁呢？

"我知道你现在听不懂，但我相信你很快就会明白。"他对着我淡淡地微笑，虽然依然是那样轮廓分明的英俊模样，但奇怪的是，我的眼前却总是蹦出那个臭千皓辰的模样。

完了完了，我中了那家伙的毒了！

"啊，对了，下个月七号，我要订婚了，你一定要来！记得了吗？"里奥王子突然对我提醒道。

"订婚？你真的要订婚了？和那个……你不爱的女生？"我忍不住吃惊地问道，"你已经准备接受命运的安排了吗？"

我以为他会立刻说"不"，或者又露出那样忧伤的表情，但出乎我意料的是，他竟然明朗地微笑了一下，还认真地点点头。

"嗯，我已经准备接受命运的安排了，有些缘分，是真的值得用一生去珍惜的。不过你一定要记住，下个月七号，你一定要来噢！我会等着你的，无论多晚，无论多久。"里奥王子认真无比地对我说着，蓝色的眸子里闪着坚定的光芒。

我看着他认真的表情，忍不住微微地撅了一下嘴唇。

干吗他一直要说个不停，订婚、订婚，命运的安排就真的那么好吗？还要我去参加他的典礼，我真的一点儿也不想去耶！虽然明明知道，他只是活在童话中的王子殿下，我永远都可望而不可即，可当他真的要订婚的时候，我的心还是忍不住微微地抽痛了一下……

唉，原来白雪公主虽然早就和那位帅气的王子相识，但最后依然还是敌不过命运的安排啊！啊，可怜的白雪公主，难道你的结局真的只是被毒苹果毒死吗？

正当我还在胡思乱想的时候，小木屋的房门突然被推开了，从金矿里回来的七个小矮人一起走了进来。他们一闻到餐桌上蘑菇汤的香味，立刻就兴奋地大叫起来。

"哇，今天的晚餐好香啊！"

"是番茄汁蘑菇汤啊！"

"我最喜欢了，一定很好吃！"

"是王子和公主一起做的吗？一定很棒！"

里奥王子看到他们，便笑着站起身来："大家去洗洗脸和手，一起过来吃饭吧。"

小矮人们纷纷放下手里的工具，兴奋地跑去洗手和洗脸，只剩下我一个人坐在餐桌前，还若有所思地想着刚才里奥王子说的那些话。

当蘑菇汤的香味再次飘进我的鼻孔，我才回过神来。七位小矮人都已经回来了，我可以先尝尝自己亲手煮的这份蘑菇汤了吧？

我偷偷地对着汤盘伸出自己的勺子，趁着他们都没有注意，小心翼翼地舀了一小勺，飞快地送进自己的嘴巴里。

哇！香香的、酸酸的、软软的、滑滑的，番茄汁酸甜正合适，胡萝卜煮得又软又脆，汤水在舌尖上滑来滑去，连那亲手摘来的蘑菇都松软滑嫩地融化在我的嘴巴里。

"哇，好好吃耶！"我忍不住咂吧着自己的小嘴巴。

果然亲手煮的汤就是与买来的味道不一样。好香、好好喝耶，再来一口吧！

我贪心地把汤勺又伸向汤盘，突然间，我觉得自己的胃部一阵烧灼般的痛感，好像有什么东西在我的肚子里燃烧起来一样，而且还顺着我的喉咙，不断地向着我的嘴巴和全身扩散……而我的舌头，竟然在一瞬间就失去了知觉，完全麻掉了！

啊……怎么回事？好像吃了什么剧烈的毒药一般，很快地从腹部朝着全身扩散开来……

"啊，里奥……"我呻吟着里奥王子的名字，手里的汤匙滚落到了地板上。

"小公主！你怎么了？白雪公主？！"里奥王子发现我的面色不对，立刻冲到我的身边，一把就扶住了我。

"我……我好难过……身体……都麻掉了……都……"我喘息着，感觉那阵酸麻，顺着我的血液蔓延到了全身四肢。

"怎么回事？怎么会麻掉的？公主，你醒醒！你醒醒啊！"里奥抱住已经倒下的我，大声地叫着我的名字。

可是，我好像越来越听不清了，他的声音就像是从遥远的地方传过来一般……我的眼皮好沉好重，我的身体好麻好僵，我快要不是自己了，意识一点点涣散……

里奥王子、千皓辰，难道……我真的快要死了吗？

"王子，公主是喝了这汤吗？这里面有一种蘑菇是有毒的啊！"

一个尖锐的声音响起，这是我昏倒之前听到的最后一句话。

有毒的蘑菇？！天啊，不会吧，那可是我们两个亲手采摘、亲手煮的啊！

晕倒，原来白雪公主不是被后妈用毒苹果毒死的，而是被自己亲手煮的蘑菇汤给毒死的啊！

啊啊！可怜的白雪公主，我对不起你呀！

8

章节

★

那一场悲伤的往事

Reminded of sad past

★

❧ Vol. 1 救救王子 ❧

痛……

全身都在痛，又酸又麻的感觉从脚底浮上来，顺着身体的血流，弥漫到全身各个部分……我几乎连动动手指的力气都没有了。奇怪的是，我的身体却在摇晃着、移动着，仿佛在谁的背上一样……

背？谁的背？竟然这样宽阔，这样温暖，这样坚毅？

我有些艰涩地张开眼睛，一头亚麻色的头发立刻就映入我的眼帘。

呃……好熟悉，连身上的味道都有些熟悉，而且他的肩膀是那样的温暖，令酸麻不已的我觉得那样地安心……难道……

"千皓辰？！"我有些吃惊地叫出声来。

他的脚步一停，喘着浓重的呼吸的脸孔微微地转了过来。

"蜜儿，你醒了。"

吓？我才看到他的脸颊，立刻就被吓了一大跳。

背着我的人，真的是千皓辰，可是他的脸色实在是太难看了！如果说上次在学校里昏倒时的他脸色如纸一样惨白，那么今天的他，脸色根本就是蜡黄蜡黄的，额头上的冷汗更是一大颗一大颗地冒出来，眉毛纠结在一起，薄薄的嘴唇已经开始变得青紫了。

看着这样的他，我的心一下子就被揪紧了，心痛地连忙对他说："千皓辰，你还好吗？快点放下我，我自己走吧！"

"不行。"千皓辰暗紫色的嘴唇抖动着，"他们打中了你脖子上的天麻穴。现在虽然醒了，但是没有力气走路！我要……我要把你送到叔叔那里去，要打上一针才能恢复！"

他努力地对我说着，可就在这么短短几句话的时间里，他的身体却摇晃了两次。

"不用了，千皓辰！我可以自己走，你快放下我吧！"我心急地在他的背上喊，"你的身体也很差，是不是？你总是骗我说你没有病，可是你明明生病了！快放下我，让我自己走！"

"不行！"千皓辰努力地抓住我的腿，"已经快要到了，你不要再挣扎了！我好不容易才摆脱了那些人，不要再让他们发现我们！"

他一边说着，一边挣扎着迈开脚步，朝着前面努力地跑去。

我在他的背上摇晃着，身体真的很难受，又酸又麻的像是中了毒一般。可是千皓辰看起来更加难过，他虽然努力地背着我，可他的脚步比我的身体摇晃得还厉害，好像连走路的力气都没有了，却还是努力地、再努力地背着我！

"千皓辰……"我看着这样的他，眼泪都要掉下来了。

这还是那个一直捉弄我、欺负我的坏蛋小男生吗？他为什么现在看起来那么坚强，那么勇敢，那么让人敬佩？

我从来没有比现在还觉得心痛……突然发现自己真的一点儿也不了解他，看到他的眼泪，看到他的坚强，我才知道以前的那个千皓辰，只不过是我看到的表面……

"别这样叫我。"千皓辰抓着我的腿，用力地朝着老爸的医院跑去，"你这样叫我，我会以为你已经喜欢上我了……"

什么？！

我红红的眼圈被这个家伙的一句话就给塞了回去。

他没有搞错吧，居然这个时候还有心情捉弄我！

我喜欢上他了？真会搞笑！

"喂，千皓辰！我只是觉得你太累了，所以难过而已，你这个家伙不要太会自作多情好不好？"我生气地对着他喊。

"是吗？"他一边跑，一边抿着嘴巴笑，"小桃子你不要太狠心嘛，难道喜欢我不好吗？我会对你很好的。还有……我只是想让你开心才说的，我可不想你把金豆豆都掉到我的衣服上。"

呃？他的这句话又让我的心忍不住颤抖了一下。

他居然是为了逗我笑？他知道我的心里很难过吗？

这个家伙，怎么总是这样呢？一会儿让人悲伤，一会儿让人感动……

讨厌，真的好讨厌他……是那种让人心疼的讨厌……千皓辰……

"呼……呼……"

千皓辰的喘息声越来越重了，脚步也越来越飘。

"千皓辰，你还背得动我吗？快把我放下吧！"我着急地喊。

"不……用……已经……到了。"千皓辰拼着所有的力气，大踏步地跑进老爸和老妈的医院。

一跑进诊断大厅，就看到老妈正在导医台上和几个年轻护士说话，已经不能支撑的千皓辰，背着我就朝着老妈的方向大步地跑过去。

"阿姨！"千皓辰几乎用尽了最后一丝力气，"阿姨……快……救小桃子……"

扑通！他一句话还没说完，整个人突然双腿一软，就像是被人从背后狠狠踹了一脚似的，一下子就跌倒在老妈面前的地板上，立刻就失去了知觉！

"皓辰！蜜儿！怎么了？发生什么事了？"老妈一看到他昏倒了，立刻着急地大叫起来。

我顾不得回答老妈的话，从千皓辰的身上移开自己的身子，用力地抓住他的肩膀："千皓辰！千皓辰你醒醒！你不可以昏倒啊！你要醒过来！"

但当我看到他的脸色时，整个人顿时都吓呆住了！

千皓辰的脸色已经从刚才的蜡黄变成了黑黄，原本那样英俊帅气的脸上竟然发出暗沉的黑紫色，就仿佛医院里那些躺在 ICU（重症加强治疗病房）里快要离世的人一样！他的嘴唇已经完全变黑了，漂亮的眼窝深深地陷了下去！

天啊，他都已经病成这个样子了，居然还咬着牙，一直把昏迷的我背到老爸老妈的医院里来！

"千皓辰！"我的眼泪顿时夺眶而出。

千皓辰会死吗？他会这样离开我吗？看着他这样躺在我的面前，我的心里，突然浮起了从来都没有过的巨大恐慌！

不，不！千皓辰不可以死！绝对不可以……不可以！不可以就这样离开我！千皓辰！

"快点把推车推过来！这两个孩子怎么回事？！"老妈在旁边着急地指挥着护士，一把拉起我，"蜜儿，到底发生什么事了？"

"妈！"我一下子用力地抓住老妈的手，"先救皓辰！老妈，先救皓辰啊！"

"我知道，会救他的！你们快把他推到陶医生的诊断室去。"老妈一边安慰着惊慌失措的我，一边转身对护士吩咐道

护士阿姨着急地推来了滑轮床，老妈把我抱到推床上，随即，阿姨和护工也把千皓辰抬上了床。两张病床分别朝着不同的诊室推去，我看着离我越来越远的千皓辰，心里如万箭穿心一样地疼痛！

"妈！你们要救他……妈……救他……我不要他死……老妈，不要让他死啊！"我突然放声大哭起来。

千皓辰不会就这样离我越来越远了吧？不会吧？我不会真的再也看不到他了吧？！千皓辰……

"不会啦！蜜儿，你给我安静一点！"老妈用力地按住我，"你爸会救他

的……放心吧！"

老爸会救他吗？千皓辰不会有事吧？他真的不会有事吧？当我睁开眼睛的时候，还能看到他捉弄我时那可爱的笑容吗？他还会笑眯眯地对我说着"我不过是在骗你"的吗？

千皓辰，不要再说什么只是为了骗我的话，我知道你的身体很不好，我知道你得了很重的病……为什么不告诉我，为什么总是假装那么快乐，为什么把一切都闷在心里……千皓辰，你不可以……不可以就这样昏倒，不可以就这样离我而去……千皓辰……

看着他的推床被越推越远，他的那张惨白的脸孔，也在我的泪水中，变得越来越模糊……

天上的神仙啊，上帝啊，精灵仙子啊，还有一直住在那枚漂亮的小尾戒中，让我体会了那么美丽的爱情的白胡子老爷爷，我可以放弃我的童话，我可以放弃那么美丽的电影，请替我救活他吧……我不想看到这样的他……我不想……我真的不想……

我现在不再强求他像童话里的王子那样温柔了，我只希望他能像童话里的王子一样健康……

救救他吧，求求你们……求求……你们……

Vol. 2 小王子受伤了

浑身酸麻的我，被老妈打了一针解毒针。老妈还很奇怪地对我说，好像吃什么东西中了毒一样，不只是脖子后面的外伤才让我全身麻痹的。

晕，听到老妈这句话，我的冷汗都要冒出来了。

在那个童话中白雪公主可是吃错了蘑菇汤，难道我也会那样中毒吗？现在还不是研究这个的时候，那个为了把我送到医院来、咬着牙坚持着没有昏倒的千皓辰，还躺在我爸的诊室里呢！不行，我要去看他！

我翻身就从老妈诊断室里的病床上跳下来，拔腿就向外跑。

老妈听到动静，在我身后大喊：“蜜儿，你又乱跑什么？药力还没有完全起作用呢！”

“没关系！”我头也不回地答道，“我先去看看千皓辰，马上回来！”

“皓辰那孩子还……”老妈的声音在我的身后渐渐远去。

我顾不上老妈的焦急，虽然身体还有一点麻麻的，我却一口气跑到了老爸的诊疗室外。

透过透明的玻璃门，我看到老爸正在里面忙碌着，似乎依然昏迷着的千皓辰，就躺在诊断室里那张雪白的病床上。

我看不清他的表情，却能看到他那张惨白的脸孔，虽然已经不再是那样暗沉黑黄，却依然虚弱得让人揪心。

“爸！”我推开诊疗室门。

“蜜儿，你来了。”老爸看着走进来的我，“你怎么样了？听你妈说你身体也不太舒服？”

“我没关系，可能吃错东西了。”我无所谓地挥挥手，有些着急地问，“爸，千皓辰怎么样？他还没有醒过来吗？他受了什么伤……”

老爸看了我一眼，好像有点吃惊地问：“怎么蜜儿，难道你不知道皓辰的病吗？他没有告诉过你吗？”

“他的病？”

看着老爸的表情，我觉得有些不妙：“他从来没有说过。他这个家伙总是骗我，好像不想把他的病告诉别人。我只是看到他昏倒过几次……”

“不只是昏倒。”老爸的表情有些凝重，“是神经性间歇昏迷症。”

"啊？那是什么？"老爸的医用术语让我有些不明白，心里却隐隐约约地感觉那似乎是一种很严重的病。

"这是一种很复杂的心理隐性疾病。简单地说，就是因为心理压力过大，或者精神长期抑郁，而服食大量的精神类药品，所导致的大脑皮层内部神经官能的紊乱，继而带动脑部血压突然升高，产生突然间失去意识或昏迷的症状。"老爸详细地对我解释着。

"精神抑郁？服食大量的精神类药品？"我不能把老爸的所有话都理解清楚，却抓住了这两个让我觉得很吃惊的词，"千皓辰……会精神抑郁？他会吃什么……精神类的药品？"

我不相信，我真的不相信！

以前总看到他是那么快乐，就算看到了他的眼泪，我也无法相信，这个总是以捉弄我为乐、欺负我为生活动力的家伙，会……精神抑郁？！

如果真是抑郁的人，应该是那位温柔的童话王子，有着那样忧伤的眼神，这个家伙……一点点……不，完全不像啊！

"你都没有看出来吧？"老爸望着躺在病床上的千皓辰，若有所思地摸着下巴。

"在我第一次看到这个孩子的时候，也没有看出来。你还记得吗，你第一次带他来我们家的时候，他就昏迷在我们家门前了。那时候我帮他做了诊断，发现他的胳膊上，居然有打过镇静剂的针孔！而且是剂量非常大的那种粗针孔，这让我非常吃惊！我差点儿以为这个孩子是吸毒了，但没想到他居然是服用大剂量镇静药品的患者。"

啊？！我吃惊地瞪圆自己的眼睛。

我记得那一次，他摔倒在我的怀里，我还以为他要吃我豆腐，害得我被老妈罚，可是……那竟然是……他真的昏倒了？！

"大剂量的镇静剂是有很强的刺激性的，如果长期使用，不仅会对药物产生依赖性，而且会严重损伤脑神经。因此我才把这个孩子留在咱们家里，想要治好他。"

老爸接着对我说："我不止一次地看到他在深夜独自一个人坐在我们家的阳台上，我去看他，他对我说头太痛了，整夜无法入睡。他还告诉我说，他喜欢和你在一起，因为看到你笑的时候，他才能把心里的那些杂乱全部抛弃。我虽然不知道到底是什么压得这个孩子喘不过气，但是……当看到他孤零零一个人坐在夜空下时，我忍不住会觉得心疼。"

什么？！

老爸的话，让我的心顿时像被人紧紧揪住般疼痛起来！

千皓辰，竟然整夜都无法入睡，要服用大剂量的镇静药品。他经常孤零零地一个人坐在阳台上，直到天明……不，这些我怎么都不知道，我一点也不知道！

怎么会是这样呢？他居然会有这么严重的病症，却深深地埋在心底，不让任何人知道……

而他欺负我和我开玩笑，只是为了忘记那些烦恼……

不，千皓辰，你怎么那么傻呢？

你怎么那么倔强，你为什么不对我说，你为什么不告诉我？

至少可以让我为你分担……

我总以为自己是天底下最笨最傻的女生了，谁知道你是一个比我更傻更笨更倔强的男生！

千皓辰，你这个笨蛋，你为什么不说，为什么要一个人苦苦地扛着……

千皓辰……

我的眼圈顿时红了，眼泪夺眶而出。老爸看了我一眼，很理解地说道："蜜儿，

我去药房给他配点药。你去看看他吧，希望他能尽快清醒过来。再昏迷下去，恐怕他的脑神经都要受损了。"

"好，我知道了。"我的声音哽咽。

老爸微微地摇了摇头，叹了一口气，拉开房门走了出去。

偌大的诊疗室里，只剩下我和躺在病床上的千皓辰。他静静地躺在那里，好像睡着了，然而他的脸色却是那么的难看，即使昏迷着，两道浓眉仍深深地纠结在一起，青紫色的嘴唇也紧紧地抿着——就好像他倔强的个性，宁肯一个人永远地背负伤痛，也绝不想分给别人承担……

"千皓辰，你这个……笨蛋。"我伏在他的床边，眼泪快要滑落下来，"你有这么重的病为什么不说？为什么不告诉我？难道想要一个人永远地硬扛下去吗？那天在天台上，你也是发病了，对不对？如果不是我拉住你，你就要摔下楼了，对不对？难道你一定要这样硬扛着，宁肯死掉也不告诉我吗？你这个笨蛋！你怎么这么傻这么笨……"

我伸手握住他的手，正在打着点滴的他，手心冰冷得吓人。我连忙用两只手去握他，去温暖他，可他的体温还是那样冰冷冰冷的，就好像……已经离开了我一样……

我的眼泪，终于忍不住滑了下来。

这个倔强的男生，这个死也不肯为别人增加负担的男生……你怎么这么笨，你怎么这么傻，你怎么这么……让我心疼……

"皓辰，你醒过来，快点醒过来，知不知道？"我咬着嘴唇，哽咽地对他说着，"你快点醒过来，把你的心事都告诉我……我不要你再一个人这么辛苦，这么累……我会陪着你的。无论什么样的困难，我都会陪着你的……知不知道？快点醒过来……皓辰……答应我，快点……醒过来。"

我的眼泪滑落到他的手背上，晕开一片湿湿的泪痕。

我把自己的脸颊贴在他的掌心里，只希望我能温暖他，只希望他能快点醒过来……我再也不会骂他，不会欺负他，不会和他斗嘴了；我会好好地和他相处，我会帮他分担一切，我会让他快乐，让他幸福……就像是童话里的那位王子一样……

蓦然间，我脸颊上的手指，突然轻轻地颤抖了一下。

难道皓辰醒了？我有些吃惊，想要抬起头来看看他。

但没想到放在我颊边的那只手掌，突然捧住我的脸颊微微地一用力，就把我整个人都朝他的方向拉了过去！

啵——

没有任何预警地，没有任何准备地，我的嘴唇就这样硬生生地落在他的唇上，一抹湿湿的、凉凉的，虚弱的，但带着些许温暖的味道，立刻就在我的唇边弥散开来……

啊？！怎么……怎么回事？

千……千皓辰醒了吗？

他怎么会把我突然拉向了他？我怎么会突然和他……Kiss？仿若我们第一次相见时，这个莽撞的美少年，连一句话都没有说，就硬生生地把我揽入怀中，把他的嘴唇贴到了我的唇上……

啊？！千皓辰的……吻……

Vol. 3 那一场伤心的往事

千皓辰的吻！

刚刚清醒过来的他，竟然一把拉过我去，把他的唇印上我的唇！

这是一个与第一次相遇时，完全不同的吻。也许那一次，我只是想要帮

他躲过那些追逐他的人，只不过像是一个掩护的吻；但这一次……这一次却完全不同……

我跌倒在他的怀里，被他的手臂牢牢地抱住，我的嘴唇贴着他的嘴唇，我的呼吸和他的呼吸交缠在一起！虽然他生病了，但是他身上的那种青草一般的味道，却一点儿也没有改变，依然那样清爽地、芬芳地拂上我的脸孔……

刚刚还在哭泣的我，祈求着他快点醒来的我，完全没有预料到，在他醒来的这一刻，要做的第一件事竟然是……吻我！刚刚还流在颊边涩涩的泪珠，滑过我们两个人的唇角，仿佛把我的气息和他的味道，完完全全地交缠在了一起……安静的护理室仿佛变成了整个世界……不，整个世界的人都消失了，只剩下留在护理室中的我们……

啊……千皓辰……我的心……颤抖着，颤抖着……

"小桃子……"我听到他在我唇边的低吟，声音那样低沉沙哑，"我以为……我再也见不到你了……"

啊，我的心立刻就重重地漏跳了一拍。

刚想对他说些什么，诊断室的房门突然被人推开了，有个苍老的声音猛然间从我的身后传了过来：

"你们……在做什么?！"声音是那样的苍老有力，几乎是怒喝般的咆哮，令每个字都掷地有声。

我被吓了一大跳，连忙挣开千皓辰的手臂，吃惊地转过头去，立刻就被吓得张大了嘴巴！

因为，闯进诊疗室的竟然就是那群在马路上想要把千皓辰抓走的黑西装男人！那个"乌眼鸡"先生也在里头，其他几个被我打过的、脸上红红紫紫的家伙更是一言不发地站在那里。不过与刚刚不同的是，现在站在他们最前面的不再是"乌眼鸡"先生，而是一个身材高大、气度不凡、风度翩翩的男人。

Cinderella
Sweet dream of
蜜桃 梦恋曲
Cinderella

会跳舞的兔子，会唱歌的茶壶，

到底是一场华丽的梦境，

还是我已经进入了奇妙的童话世界？

虽然看起来已经年过半百，但他的声音和长相却和千皓辰有着三分相似。更重要的是，他有着一双非常纯正的天蓝色的眼睛！

啊，或许他是……

"你们在这里做什么？"高大的男人又朝着我们咆哮了一声，他的中文似乎说得不太标准，却有着一种震慑人心的效果。

躺在病床上的千皓辰并不像我这么吃惊，在看清来人之后，他竟然很不给面子地、自顾自地把身子转了过去。

千皓辰的举动立刻就激怒了那个男人，那男人朝着千皓辰大吼："Eddy，我在跟你说话！"

Eddy？这个名字怎么听起来这么熟悉？

千皓辰面朝病床里面，一动不动。诊疗室里的气氛变得异常紧张，我从来没有见过这种阵势，不免有些害怕，忍不住伸手推了推他。

千皓辰没有回头，却握了一下我的手。

"Eddy，你这是什么态度？给我转过身来！"男人非常生气，虽然还保持着表面的风度，但已经朝着这边走过来了。

我一看到他朝着病床走过来，立刻就张开双臂，像是想要保护鸡宝宝的母鸡一样，大声地对那个男人说道："不许碰他！"

那男人的眉尖猛然一挑。

我的心立刻跟着怦然一跳，这个表情，好像千皓辰哦！

"你是谁？为什么挡在这里？"他用天蓝色的眸子，直直地盯着我，"莫非你就是那个把我的警卫长打伤的小丫头？"

呃？警卫长？这是什么名词？

不过，不可以认输！现在千皓辰的身体还没有好，我要保护他！

我努力地把胸膛一挺："是啊，是我！怎么样……反正……无论如何，我

不会让你们把皓辰带走的!"

"皓辰?!"男人的眉头皱了起来,"叫得很亲密。所以你把他留在这里?"

啊?这句话出乎我的意料,不明白他在说些什么。叫得很亲密?千皓辰不叫皓辰叫什么?难道要叫千千?什么叫我把他留在这里?

"我给你一个选择的机会。"那个男人的态度非常傲慢,"一是你马上闪开,不要再靠近 Eddy,那样我会让他们停止再找你的麻烦;二,如果你不离开,我就让他们把你请出去。对不起,小姑娘,我不想使用第二种方法。"

这个男人说话咄咄逼人,气势异常地强劲,说出的语句令人连反驳的余地都没有。他到底是谁?为什么这么说话?

"我一个都不要选择!"我伸长手臂,保持着我的姿势,"我不许你们碰千皓辰,谁都不许!"

男人的眉头立刻就皱了起来,他把眼睛一眯,好像不愿再浪费口舌似的,朝着身后的那些黑衣人一挥手——

"乌眼鸡"先生立刻就朝我扑了过来。

哇!他们又要干什么啊!这里可是我老爸老妈的医院,难道他们还敢绑架我吗?我不要!除非他们再打晕我,不然我就抵抗到底!

正当我握紧了拳头,又想亮出我的"蜜桃神拳"的时候,一直躺在病床上的千皓辰,突然勉强地支撑起了身体,朝着那个男人大声地喊道:"够了,不许碰蜜儿!你们已经打伤过她一次,到底还想要干什么!"

看到千皓辰终于起身了,那人的脸上浮起胜利的微笑。

"Eddy,你终于肯跟我说话了吗?"

我连忙扶住千皓辰,他虚弱得就像一片叶子,要靠在我的身上才可以勉强支撑住身体,可是倔强的表情却仍是那样坚毅。

"不,你少做梦!在那个下着雨的夜晚,我就已经把你忘记了。就算我现在说，也不过是对着一个陌生人在说，对着一个想要欺负我女朋友的人在说！"他把手搭在我的肩上，那副拼了命保护我的样子，令我的心头忍不住一酸。

可千皓辰的这句话，却令那个男人非常地愤怒，一直保持着的风度也被怒火燃烧殆尽了，他盯着面前的千皓辰，咆哮如雷："Eddy，你在说什么，你可知道？！从来没有人敢这样对我说话，也从来没有人敢对我说这样的话！但是今天！你——我的儿子居然敢对我说，已经忘记我了？！"

吓？！男人的这句话，吓得在千皓辰怀里的我猛然颤抖了一下。

我……我没有猜错！这个男人……这个男人真的是……千皓辰的父亲！天啊，怎么会是这样！他们是父子啊，怎么会……弄得这样剑拔弩张！

千皓辰听到这句话，脸上的表情没有丝毫变化，仿佛就像是在听别人的故事，连长长的睫毛都没有抖动一下。

他甚至轻声地冷笑："原来你还记得你有一个儿子……不过，已经太晚了！你儿子已经死了！在那个下着雨的夜晚，和他的老妈一起死了！"

啊，我又被吓了一大跳。千皓辰在说什么？和他的老妈一起……死了？！

"Eddy！"男人的表情急剧地变化，仿佛伤心、难过、委屈、愤怒一下子混杂在了一起，"你不可以这样对我说话！你老妈去世了，我也很难过，但是那天晚上我真的有很重要的事情赶不回来，所以……"

他似乎想要对千皓辰解释，但是还没等他说完，千皓辰的胸膛已经开始剧烈地起伏起来，呼吸急促、脸色惨白，他突然对着男人大吼一声："够了！不要再给自己找理由了！有什么事，比你相依二十年的女人更重要？有什么事，能让你在妻子弥留之际，还不能赶回来？有什么事，能让你在她去世十个小时之后，才从别的国家飞回来！别以为我不知道你去意大利做了什么！"

千皓辰的吼声，仿佛一下子撕破了整间诊疗室的天花板，我仿佛觉得有千万滴冰冷的雨珠，从天空中不停地飘散下来……而那些雨珠，不仅仅是冰

冷的，还是血红血红的……

因为那根本就是从千皓辰的心里飘下来的冰雨，那根本就是从他的心里，从那最深最痛的伤口处，喷涌而出的鲜血！

"Eddy！"男人被千皓辰的愤怒给震惊了，瞪着自己的儿子，想要说些什么，却又说不出来。

千皓辰的眼泪再也控制不住了，大颗大颗的泪珠从他那双浅蓝色的眸子里喷涌而出。

我从来没有看过他这么的伤心，仿佛那颗伤痕累累的心都已经碎成了千片万片，和着晶莹的眼泪汹涌而出……

千皓辰对着面前的男人声嘶力竭地嘶吼："你走！离开这里！当我从那里出走的时候，就已经把一切都抛弃了！我早已经不再是 Eddy 了，我只是千皓辰！我只是老妈的千皓辰，来自东方的千皓辰！我不再有父亲，我不再有什么家庭！从今以后，我是我，你是你！你走，离开这里，不要再让我看到你！去找你的情妇吧，去找那些女人吧！老妈都是被你害死的，你还有什么脸留在这里！"

啪！

千皓辰的话音还未落下，一个狠狠的巴掌已经猛然落在了他的脸上！

极度虚弱的千皓辰被打了个正着，整个人一下子就从我的肩膀上滑落下来，重重地摔倒在了病床上！苍白的脸颊边，五根红红的指印立刻就肿了起来！

我被这一幕完全给惊呆了，看着千皓辰被他的父亲一巴掌给扇倒的样子，我的眼泪也一下子涌了出来！

"臭小子，哪有这样对父亲说话的！"男人生气地又要对他挥巴掌。

我几乎是拼了命一般地，一下子就挡在了千皓辰的面前！

"不要！求求您不要打！皓辰生病了！皓辰在生病！您不要打他！求您……不要！"

Vol. 4 流着血的泪

真不知道这是一场怎么样的混乱！

我哭着挡在千皓辰父亲的面前，但是那狠狠的巴掌还是不停地落在我的身上背上，千皓辰发疯似的在身后拉着我，一边抓着我，还一边对着他父亲大吼："不许碰蜜儿！不许碰她！你们给我走！走远一点！"

这样的话当然令他的父亲越发恼火，更多更激烈的巴掌更是朝着我们两个暴风雨似的落了下来。

"乌眼鸡"先生也看不过去了，上来想要拉开千皓辰的父亲，而千皓辰的父亲却更加生气地咆哮道："你这个不孝的家伙，难道这十几年的教育，就是让你对你父亲大喊大叫的吗？难道就是让你来指责你父亲的吗？！"

"你早已经不是我的父亲了！"

"你这个臭小子！"

男人的脸气得煞白，我拼命地想要拉住千皓辰。对立的两个男人却像是战斗中的公鸡一样，瞪圆了眼睛，谁也不让谁。

"叔叔，请不要这样……他在生病……请不要……"我哭喊着想要拦住他。

但是那个男人却一手推开我！

"走开！你这个小丫头！"

扑通！我没有防备，一下子就摔倒在地板上。

"蜜儿！"

千皓辰突然在病床上尖叫了一声。

轰！啪！

诊疗室里突然传来一声巨响，竟然是千皓辰硬生生地拔掉了手上的点滴针，把旁边的点滴架子给推倒在地板上！透明的点滴瓶摔得粉碎，湿冷的液体

和透明的玻璃四处飞溅。

千皓辰的父亲和"乌眼鸡"先生都吓了一跳，他们停下咆哮、止住动作，不解地看着病床上的他。

千皓辰光着脚跳下病床来，鲜红的血滴顺着他的手背一颗一颗地滚落下来。我看到他全身都在颤抖着，两只拳头却已经紧紧地握了起来！

"到底要怎么样？你到底要怎么样？！难道害死了老妈还不够吗？！难道想连我唯一喜欢的女孩都给夺走吗？！你是不是想要我死？想要我和老妈一样去死，对不对？！"千皓辰咬着自己的嘴唇，雪白的牙齿在早已经没有任何血色的嘴唇上咬出了深深的印痕。

我还没有时间想清楚他在说什么——"唯一喜欢的女孩"？难道是指我吗？现在没空弄明白，因为千皓辰愤恨的表情，让我的心整个揪了起来！

"好。反正这个世界上只剩下我一个人了，我成全你！我成全你！"

千皓辰突然弯腰，从地板上捡起了一片点滴瓶的碎片，将那尖锐的锋刃，对着自己的左手手腕处用力地划了下去！

"皓辰，不要！"

仿佛有第六感似的，在他突然弯腰的时候，我就已经预感到他会做什么了！何况老爸说他有很严重的精神类病症，很容易做出极端的行为！所以当他刚刚朝着自己的手腕上划过去的时候，我就猛然飞扑了过去！

"皓辰，不要！"我一把抓住他捏着玻璃碎片的那只手，拼了命地阻止他，"皓辰，你疯了吗？你怎么可以这样做！"

他真的用了很大很大的力气，仿佛把自己的手腕当成了发泄的对象一样，虽然我拼尽全力想要拉住他，但是那碎片还是割开了他的肌肤，鲜血立刻像泉水般喷涌出来！

"皓辰！你怎么可以这样做！你怎么可以这样对自己！这个世界上你不仅仅

只是一个人，你还有我！还有我啊！你怎么可以就这样放弃自己的生命……你怎么可以……"

我用力地攥紧他手中的碎片，尖锐的锋刃顿时陷入了我的掌心……

我的血，和他的血，一起从我们交握的指缝间，不停地、不断地流了出来……

千皓辰没有想到我会这么用力地握着他，为了不使他再往深处地伤害自己，我不由加重了手上的力道，转眼，手心已是一片鲜血淋漓。

他吃惊地看着我们交握在一起的血淋淋的手指，眼泪，大颗大颗的眼泪，突然就像断了线的珠子一样地涌了出来……

这虽然不是皓辰第一次在我面前哭，可是这一次的眼泪，却让我的心，那么疼……那么疼……那大颗大颗的泪珠，来不及流过面颊，就那样生生地跌落在我们握在一起的手指上，和着那一滴一滴涌出的鲜血……晕成令人心碎的颜色……

流着鲜血的眼泪，流着眼泪的鲜血……

我的心，紧紧地缩成一团，那么痛，那么痛的一团。

我几乎不敢看他的眼睛，因为我知道，我的眼泪也像他的一样，断了线般地不停滚落。

喧闹的诊疗室终于安静了下来。

皓辰的父亲站在旁边，说不出是生气还是难过，脸上的表情是那样的复杂和交缠。"乌眼鸡"先生他们也都站在一边，静静地看着我们。

他们看着我们流血，看着我们流泪。

蓦然间，他的父亲像是下了什么决心似的，微微地叹了一口气："走吧。"

"呃？""乌眼鸡"先生愣了一下，"先生，难道少爷……"

"我说走吧！"他的父亲威严地下令，表情中没有一丝可以商量的余地。

"乌眼鸡"先生不敢再说什么，连忙向自己的手下使了一个眼色，跟着皓辰的父亲一起走出了诊疗室。

啪嗒。

随着房门的门锁落下，刚刚还闹成一团的诊疗室，瞬间恢复了平静，只有满地晶莹的玻璃碎片和我们手中静静流淌着的鲜血，还在无言地诉说着刚刚那一场"战斗"的惨烈……

千皓辰依然站在我的身边，光着脚，脸颊苍白，纤细修长的身体微微地颤抖着。他的手里紧紧握着那片碎掉的玻璃片，手腕上赤红的血液，从伤口中汩汩而出……他长长的睫毛抖动着，大颗大颗的泪珠，如决堤的江水不停涌出……

我抬头看着他，却无法看清他的眼睛。那双浅蓝色的眸子，已经被泪水完全淹没了，再也没有往日里那明亮的光芒……

心痛的感觉越发强烈起来。

刚才的父子对话言犹在耳，我从来没想过，会从千皓辰的身上，听到这么一个悲伤的故事。我以为他一直都是那么快乐，那么无忧无虑，可是……可是今天却给了我一个完全相反的结局……

他……我曾经以为那么快乐的他，竟然承受了比别人多几千几万倍的孤单和悲伤……

"皓辰……"我看着他，试图想要说些什么，"你还在流血，我去拿纱布来给你止血！"

虽然我的手也受了伤，但是现在最要紧的是先给他止血！

"不要！"

千皓辰的手指却轻轻地一松，他掌心里的那枚碎片跌落在我们脚下，但他沾满了鲜血的手指，却用力地握住了我的手腕！轻轻地一拉，我一下子就跌进了他的怀抱。

"不要走……蜜儿……我什么都没有了，我只有你了……蜜儿……答应我永远不要离开我……"千皓辰流着眼泪轻声地呻吟，他用力地把头埋进我的颈窝，那湿湿凉凉的泪水，一下子就打湿了我的衣襟。

听到他这样无力地哭泣，我的心就像是被人捏碎了一样地疼痛。

这个何其坚强、何其倔强的男生，却在这个时候，在我的怀里，哭得像孩子一样脆弱……

"我不会的……皓辰……我不会离开你的……我会永远陪着你的……我会的……"我忍不住抱紧他，和他一样，痛哭流涕。

"答应我……蜜儿……答应我……我不想再经历一次，不想再失去你……老妈走了，那个晚上我一个人守着她……你知道，你知道那种眼睁睁地看着你爱的人死去时的感觉吗? 我没有力量救她……我没有能力留住她……我只能看着老妈死去……我只能看着老妈一个人……孤单地死去! "

千皓辰用力地抱住我，可是他的双腿却已经没有力气支撑，整个人不停地朝地板上滑落。

我连忙用力地撑住他，我知道他的身体已经不行了，经过这样的打击，他没有昏倒已经算是很幸运了。我只能用我的怀抱温暖他，我只能用我的身体支撑着他。

"别让我再经历一次……蜜儿……我会死的……我真的会死的……蜜儿……蜜儿……"千皓辰紧紧地抱着我，像是快要把我嵌进他的身体一般地抱着我。

我觉得自己快要不能呼吸了，可是我却没有挣脱。

我知道现在我有多痛，皓辰就一定比我更痛更痛! 我想替他分担，我想替他承受。

可是那个黑暗的夜晚，那个孤单地守着渐渐离世的母亲的少年，他心中埋下的阴影，根本是任何人都无法触及、无法分担的啊……

"我不会离开你的……皓辰，我会守着你的……我会的……永远都会的……"我用力地抱紧他。

他像个孩子般地把头埋在我的怀抱里，突然放声大哭起来……我从来没有听到过他这样的哭声，就好似把那个最令他心痛的夜晚的酸楚，都一并哭了出来……

我抱着千皓辰，两个人坐在诊疗室里冰冷的地板上。

像是要撕破人心灵的压抑的哭声，不停地在老爸的诊疗室里回荡着……回荡着……

那一个……让人心碎的少年。

9

章节

爱情童话的消逝
Betray my love

Vol. 1 滚烫的怀抱

那一场大闹，让所有人都身心俱疲。

在用碎玻璃片划伤了自己的手腕后，千皓辰的病情更是加重。他被老爸送进了特别护理室，用上了最好的药物，可是看起来整个人还是昏昏沉沉的，完全就像变了一个人。偶尔清醒过来，也是眯着眼睛一个人坐在病床上，似乎总是呆滞地盯着窗外什么遥远的地方……

"皓辰……"我推开病房的房门，看到他又坐在窗边，目光迷离地望着窗外。

他的表情让我好心疼，看着他，我仿佛看到了当初童话里的王子，同样是有着这样英俊的侧脸、迷离而忧郁的眼神。几乎不用听他开口说话，他眉间的那份忧伤，就已经紧紧地揪住了我的心脏。怎么会那么疼？怎么会那么难过？怎么会这么让我为他担心……

"皓辰……"我轻声地唤他，"皓辰，该吃中饭了。"

他的遥望被我的声音打断，有些虚弱地转过头来看了我一眼，然后轻轻地摇了摇头。

看着他英俊的脸颊迅速地消瘦下去，那张平时容光焕发的脸孔竟然变得如此苍白和虚弱，我的心就像是被人揪住一样地疼。多希望他还能像以前一样，就算是捉弄我也好，欺负我也好，只要还能看到他的笑容，看到他的酒窝，就算是让我永远不碰零食，我也开心啊！

可是他居然不想吃饭，不吃饭怎么会有力气呢？不吃饭身体怎么能健康起来？不行，不能再让他这样折磨自己了。

我把手里的餐盘放在桌子上，灵感突现地端起那碗白饭，站在千皓辰的病床后面就开始唱:"手捧白饭一碗,一碗啊。饭要送给谁? 送给谁。送给亲爱的朋友们,送给亲爱的小朋友……"

不管三七二十一,也不管我的歌声是不是走调,我一边捧着那碗饭,一边踏着舞步就朝着千皓辰"蹦"了过去。

千皓辰被我走调的歌声所吸引,有些惊讶地转过头来,看着用右手端着一碗白饭、还在对他挤眉弄眼的我。

"大米饭,香喷喷,吃了这碗想下碗,吃了这顿想下顿……"

看着他转过头来看我,我越唱越起劲,连儿歌都跑出来了。

不过唱歌实在不是我的强项,还没有唱完三句,我立刻就卡词了:"下顿……下顿……"

下顿是什么? 我给忘记了耶! 不管了!

"下顿还吃香喷喷! "我理直气壮地给儿歌填上了词。

扑哧!

坐在病床上的千皓辰,忍不住被我逗得笑出声来。看着我捧着一碗白饭又唱又跳的模样,他苍白的脸上,终于浮起一个淡淡的、浅浅的微笑,连他颊边的那两个小小的酒窝,也显露出来。

"啊,你笑了! 皓辰你终于笑了! 太好了! 太好了! "顾不得手里还捧着一碗白饭,看到他的笑容,我乐得差点点跳起来。

千皓辰看着在他面前手舞足蹈的我,笑容浅浅地加深:"好了,小桃子,我知道你想让我笑。可是……小桃子,你的歌唱得真的很难听耶! 舞也跳得乱七八糟……"

呃……

"我……我是五音不全爱跑调,也不怎么会跳舞……"我抓抓自己的卷发,"我只是想让你好好吃饭……"

他垂下眼帘，看了一眼我捧到他面前的饭碗，没有伸手接下，反而一下子握住了我还捧着白饭的手掌。

"可是……我就是好喜欢。"他低低地吐出一句。

啊?!

我的心随着他温柔的话语猛然一跳。

"我真的好喜欢你，蜜儿。"他握着我的手掌，把我拉近他的身边，"从第一次见到你，从你无私地出面保护我，从看到你快乐的表情，我就……喜欢上你了。"

啊啊!

皓辰在说什么啊? 他在说"喜欢我"?! 不是吧，我的耳朵没有幻听吧? 虽然这个家伙一直在同学们面前说什么我是他的女朋友之类的话，但是那个时候的他，都还叫着我"小桃子"，也从来没有这样认真的表情。可是现在，他却那么深情地叫我"蜜儿"，对我说着这样真挚而坦诚的话。

天啊天啊，我的心脏在怦怦地乱跳，我的呼吸都快要停止了!

"我的世界里已经一无所有了，现在，我只剩下你了。"皓辰的声音低低的，沙哑而又性感，"你会永远留在我身边的吧? 你会永远陪着我吗? 你会永远这样开心地逗我笑，永远关心我吗? 蜜儿，告诉我，你会吗? 你会抛弃我吗? 你会像他们一样离开我吗? 蜜儿……"

"不会不会不会的!"听到他哀求似的声音，我不假思索地脱口而出，"我当然不会离开你，我会永远陪着你，我会一直在你的身边……皓辰，我会给你快乐，我会让你天天都很开心，可是，你现在要健康起来，知道吗? 我不想看到生病的你，真的不想。"

"蜜儿……"千皓辰的睫毛抖了一抖，晶莹的泪珠似乎又挂上了他的眼帘。

他的眼泪，真的让我无法招架，那么快乐的男生突然哀伤起来，这种忧郁的表情，远比生性忧郁的男生更具有杀伤力，更让人忍不住心疼。

比如童话中的那位王子，我遇到他的时候，他也是那样忧伤，但是慢慢地，他变得越来越开朗、越来越快乐，而且还会捉弄我跟我开玩笑了。原来的我一直希望他能和千皓辰是同一个人，那样就可以拥有快乐的外表和温柔的内在了。可是现在，看着同样忧伤的千皓辰，我却希望他能像王子一样，快点变回快乐的他，能够再像以前一样，那样的活泼和开心。

"谢谢你，蜜儿，谢谢你的承诺。现在我除了你，谁都不会相信了。只要有你在我的身边陪着我，我就会安心了。"千皓辰用力地握着我的手，"因为我知道，在这个世界上，只有你是真心对我好，永远都不会背叛我的。对不对，蜜儿？"

"当然。"我看着他伤心的表情，努力地想要证明自己，"我会保护你的。就像当初我们相遇一样，我会永远站在你的前面，保护你的……"

"蜜儿……谢谢。"千皓辰咬住了自己的嘴唇，猛地把我拉进了他的怀里。

我几乎立刻就感觉到，有湿湿的泪珠，突然流进了我的颈窝里。

他又哭了……这个假装坚强那么久的男生，现在却突然变得这么脆弱……虽然怀抱还是那样的温暖，但眼泪却那样地让人伤心……

哭吧，可怜的皓辰，哭吧，已经忍了太久太久的可怜的少年……希望我能用我的怀抱，好好地温暖你，好好地让你再变回坚强的那一个……

皓辰温暖的怀抱……温暖……温暖？！啊，不止是温暖，怎么怀抱里越来越滚烫了呀？温度正在直线上升！

啊呀不好！

我突然意识到发生了什么事情，立刻就对着还在伤心的千皓辰大喊一声："不好了！皓辰！白饭，白饭洒在我们的身上了！"

啊呀呀！好烫！烫死了啦！

我从他的怀里猛然跳开，热热的白饭滚在我的胸前，烫得我又跳又叫，简直就像一只不小心踩到了热水杯的小猫。

千皓辰坐在病床上，看着我的惨状，只是淡淡地笑了笑。

唉，这还真是……滚烫的怀抱啊！

❧ Vol. 2 父亲的爱 ❧

我跑去老妈那里，把满身白饭的衣服换掉，幸好没有烫起包包来，不然我可爱的小肚肚就要变成蜂窝煤了。

不过，皓辰竟然笑了！

虽然看起来还是那样勉强，笑的时候眼睛里还含着眼泪，但是只要他还能笑，只要他还没有一直消沉下去，那就是最好不过的一件事情了！老爸说不可以总让他一个人胡思乱想，一定要让他快乐起来，让他把那些悲伤的往事全部忘掉，这样他才能恢复得更快，才不会被那个抑郁症给拖进不可知的混乱世界里去。

我向学校请了假，专心地陪着他，只希望我在他的身边，能让他早日恢复健康。

笑吧，皓辰，努力地微笑吧！我相信你一定能好起来的，你一定可以像以前一样……

呃？

正当我拍着自己的衣服，拐进走廊，准备回到千皓辰的病房里去的时候，竟然发现在千皓辰的病房外，站着一个高大而孤单的身影。

一身暗黑色的西装，有些斑白的头发，微微皱起的眉头，似乎非常担心却又无奈的眼神，门外的人带着伤感的表情透过病房房门的玻璃窗，遥望着门内那个同样孤单的身影。

那是……皓辰的父亲!

我不会认错的,虽然这位叔叔那天很暴力,连我都挨了他很多下巴掌,可是……他毕竟还是千皓辰的亲生父亲。当我看到他用那样伤心的眼神注视着门内的千皓辰时,我的心里也忍不住泛起了一股酸酸的感觉。

"叔叔,您好。"我快步走过去,"您来看皓辰吗? 为什么不进去? 我去帮您……"

我伸手想要旋开病房的房门。

那位高大的男人看了我一眼,伸手挡了一下我的手臂:"不,不用了。我今天不是来找 Eddy 的,是来找你的。"

"我?!"他的这句话让我微微地愣了一下,没想到居然是来找我的?

"对,可以找个地方谈谈吗?"气度非凡的叔叔低头看着我,和千皓辰非常相像的眸子里,透出那样坚定的光芒。

我知道,我不能拒绝。

医院的小咖啡厅里,我和千皓辰的父亲面对面而坐。咖啡厅里很安静,气氛好像有一点儿尴尬,我坐在他的对面有些手足无措。

"呃,叔叔,你要不要喝点什么? 我请您。"为了打破我们之间尴尬的气氛,我首先开了口。

高大的男人抬起头看了我一眼,微微地点了一下头:"请给我一杯黑咖啡吧,不要加糖,也不要加牛奶,谢谢。"

哇,他真的很有风度,对我这样的小辈还用了"请"字。难怪千皓辰的身上看起来总是有些不平凡的气度,大概就是遗传了他父亲的气质吧。

"黑咖啡?"不过这一点让我不懂,"叔叔,黑咖啡什么都不加会很苦、很难喝的耶!

"没关系的，请帮我买一杯黑咖啡吧。"千皓辰的父亲很认真地对我点点头。

看着他的坚持，我也没有办法，只好跑到吧台上买了一罐牛奶和一杯什么都不加的黑咖啡。

千皓辰的父亲拿起汤匙，慢慢地搅动着那杯什么也没有加的咖啡，袅袅的热气从咖啡杯里升了起来。可是那种苦苦的味道，即使只是在上升的热气中，也可以闻得清清楚楚。这样会好喝吗？一定会很苦吧！

我咬着手里的牛奶罐，有些恐惧地瞪着眼睛看着他的那杯黑咖啡。

"你一定觉得，这种咖啡会非常难喝，对不对？"好像能了解到我的心里在想什么似的，那位叔叔突然问道。

"嗯。"我马上点点头，"黑咖啡什么都不加又苦又涩，能喝吗？"

"苦涩吗？可是我就爱这个味道。"叔叔端起杯子，轻轻地抿了一口黑黑浓浓的咖啡，"你知道吗，孩子？这种又苦又涩的味道，就是皓辰老妈的味道。十几年来，我一直喝着这样的咖啡，因为每当我捧起这样的咖啡时，就想起当年我和她在巴黎相遇时，她那张抱歉的笑脸和那双闪亮的眼睛。"

啊？

没想到突然听到皓辰的父亲说起往事，竟然把这样苦苦的黑咖啡，称为是"千皓辰母亲的味道"！这是什么意思呢？

我连牛奶也忘记喝了，专心地看着叔叔，听他讲着那个已经过了很久很久的故事。

"那时候我只有二十二岁，一个人去法国旅行。在旅行中进了一间路边的咖啡店，而皓辰的老妈，恰好在那间店里打工。她是当地一所大学的在读生，因为想要独力负担读书的费用，所以一个人辛苦地四处打工。那天路边咖啡店的客人非常多，手忙脚乱中她出了很多错。店长一直在责备她，还说如果再出错，就会 Fire 她。你知道吗？她给我端上来的咖啡，竟连糖和牛奶都忘记放了，美味的巴西咖啡居然变成了一杯又苦又涩的黑咖啡。当时我开口问她的时候，她的眼泪都快要掉下来了，她担心，如果我再大声地责备她的话，她就真的要被店主开除了……"

皓辰的父亲很认真地讲着，略显苍老的脸上，微微地浮起"幸福"的微笑。

"看着那样楚楚可怜的她，我什么都没有说，只是端起杯子，把那杯什么都没有放的黑咖啡，一口气喝了下去。从此，我就爱上了那苦苦的味道。因为，那是我的妻子留给我的永远的味道。"叔叔浅笑着说道，说到最后，从他的眸子里绽放出来的光彩，竟然让我这个局外人，都感觉到了温暖和爱。

天啊，这么幸福的故事，这么美丽的味道，千皓辰竟然说他的父亲不再爱老妈了，这……这可能吗？看着这位叔叔这么真诚的眼睛，我越来越有些想不通了。

"所以这十几年来，我都没有再喝过别的咖啡，一直只喝这种黑咖啡，因为我相信，当我端起杯子的时候，就是她的心和我的心融在一起的时候。孩子，你能知道那种感觉吗？那种身在千里之外，也能心心相印的感觉。"叔叔低下头看着我，"虽然因为我的公务繁忙，不能天天陪在他们母子的身边，但是我相信，我的心是永远和他们在一起的，无论身处何时，无论身在何方。"

"可是，皓辰为什么……会那样误解您呢？在阿姨病危的时候，您又……"我好像有点直言快语，什么也没有想就说了出来。

他如果真的那么爱他的妻子，又怎么会在她离世的时候，还没有回来？又怎么会让儿子误解他有"别的女人"呢？

"我的工作，不是那么的普通。常常一整年都在外国和别人交涉，所以在我的身边有好几位贴身的秘书小姐。其中有一位，很想做我'别的女人'，当然我不会答应，还辞退了她。可就在我约她出来准备让她离开时，恰巧被皓

辰撞到了。我是个不太会和儿子沟通的人，因为我长年在外，皓辰一直是他的母亲和保姆带大的，所以我不知道该怎么跟他解释。本想等那次公干结束之后，就好好地回去跟我的妻子和儿子团聚的，但没想到……"

叔叔放在咖啡杯上的手指，轻轻地颤抖了一下，咖啡杯和汤匙发出轻轻的撞击声。

"我知道皓辰老妈病得很厉害，可是我身不由己，有些事情一定要我亲自去才可以。我以为可以顺利赶回来的，没想到那天在意大利的机场上空，突降大暴雨，雷电级别超过了飞机起飞的最低标准，所有的飞行员都跟我说无论如何不能起飞，不然就一定会被雷电劈中。我在机场里整整站了十个小时，一直在对上帝祈祷，不要把我的妻子带走……可是，我还是回来晚了，连她的最后一面都没有见到……"

皓辰的父亲越说越伤感，说到皓辰老妈离世的时候，他的眼圈也忍不住泛红了。

他这样的表情真的很像千皓辰，只是他的眼睛比千皓辰的更加碧蓝，好像是纯正的外国人的眼眸，而千皓辰就更像是混血儿了。

"叔叔，您别这样难过……"我忍不住开口劝慰道，"其实皓辰只是觉得在他母亲去世的时候，您还没有回来，他的心里无法接受，所以只要您以后好好地关心他，多和他沟通沟通，我想他会原谅您的。"

虽然知道了千皓辰的心结所在，可是那个倔强的家伙什么时候肯原谅他的父亲，我也没有底。

"现在没有时间了。"皓辰的父亲突然抬起头来，"他母亲的葬礼，一直都没有办，一定要让他回去，才可以举行。这个孩子不仅仅是不肯原谅我，在他的心里，还坚持认为不为老妈举行葬礼，老妈就不会离开他，所以他才会这么倔强，才会宁肯自杀也不要回去……"

"啊? 真的吗? "叔叔的这句话让我很吃惊!

原来千皓辰母亲的葬礼还没有举行? 千皓辰这个小子逃到这里来, 就是想要逃开老妈的葬礼? 他不舍得离开老妈, 他不愿意承认老妈已经去世了! 这个傻子, 笨蛋! 他怎么可以这样做, 他怎么可以这么傻呢……他这样坚持着, 已经离开的老妈知道了, 也不会开心的呀! 这个小笨蛋!

"所以我今天才来找你, 孩子。我知道 Eddy 现在只听你的话, 你替我劝劝他, 让他快点回去吧。"皓辰的父亲突然抓住我的手, "对不起, 孩子。那天因为我的急迫, 所以动手打了你, 我现在向你道歉。真的拜托你了! 我不想失去了妻子, 还要失去我们唯一的儿子! 拜托你了, 孩子! "

皓辰的父亲那么真诚地向我道歉, 甚至还朝着我这个小辈认真地低下头来。这把我吓得受宠若惊, 我连忙拉住叔叔的手 : "您, 您别这样……我, 我会想办法跟他说一次看看……"

"不只是说, 是一定要让他接受! 孩子, 我已经无路可走了, 只能把一切的希望都寄托于你了! 请你答应吧! "叔叔急迫地对我鞠躬。

我吓得连忙从座位上站起来, 拉起皓辰父亲:"您别这样……叔叔。好吧, 我, 我会尽力劝他离开的, 我会……"

我咬住嘴唇, 心里忍不住酸酸涩涩地一疼。

刚刚还在病房里答应千皓辰, 要永远陪着他, 要永远给他快乐, 让他开心。可是现在……我竟然要去劝他离开了? 劝他跟他的父亲回家?

不! 我怎么会答应这样的条件……天知道, 如果他走了, 不知道什么时候才会回来……那么我……那么他……那么我们……我们还会再见面吗? 还会有未来吗? 还会……还会……

我突然觉得自己的眼窝微微地一涨, 一股热热的泪花, 在眼眶里翻腾起来。

结束了和千叔叔的谈话，我一个人默默地回到皓辰的病房。

他坐在病床上，正翻弄着我给他拿去的几本童话书。看到我一个人走回来，开口问道："你不是去换衣服了？怎么换那么久？我还以为你跑去印度买衣服了呢。"

他的语气虽然比较低沉，但是话语却已经恢复了以前一样快乐的语调。这让我很高兴，至少他已经不再那样消沉了。可是却又让我难过，因为……我竟然要开口劝他离开，他会很不高兴吧？他会生我的气吧？他会朝我发脾气吗？我一点儿把握也没有。

"怎么了，蜜儿？为什么不说话？"见我没有回应，千皓辰奇怪地问道。

我勉强地对他笑了笑。

他看了我一眼，目光中带着凌厉的感觉，好似要把我看穿一般。

"你有什么心事？小桃子？过来，告诉我。"他拍了拍身边的床铺，伸手把我拉了过去。我坐在他的病床边，欲言又止。

"到底什么事？难道是我的病吗？叔叔又说什么了？不能治了吗？那就算了，反正我大不了也是一个死……"千皓辰又开始胡言乱语。

"别乱说！"我一把捂住他的嘴，有些责备地看着他，"难道你一定要说那个字吗？死就那么好吗？死就真的能一了百了吗？你死了我怎么办？难道你真的只是捉弄我、欺负我，看我好玩吗？你是吗？皓辰，你告诉我，你是吗？"

我说得有些激动，眼睛里泪花在荡漾。

千皓辰没有想到我会突然这样说，他微微地愣了一下，随即握住了我的手："当然不是。我已经对你说过了，蜜儿，你是我最想珍惜的人。无论是在这里，还是在……我最喜欢的人，都只是你。"

他的声音有些模糊，我没有听清中间那个字。但是他的告白，还是让我的心忍不住又颤抖了一下。

其实从没有想过千皓辰会喜欢我的，总以为他是以捉弄我为乐，以欺负我为生活的目标，只要看着我被气得哇哇大叫，他就能笑得一塌糊涂。

不知道从什么时候起，他开始会保护我，会珍惜我，会在所有同学的面前，替我挡住那些书本的攻击；会在我受了伤的时候，宁肯咬着牙忍着头痛，也一定要先把我送到医院……

可是现在，我竟然要劝他走啊……要劝他离开这里……为什么，心突然会那么痛……

"皓辰，谢谢你。不过……"我有些心虚地看着他的眼睛，"你有没有想过，其实你这样离开家，你的家人还是会很担心你的？"

我没有直接说他的父亲，而是选了一个"家人"这样的称呼。

千皓辰微微地怔了一下，随即他那双漂亮的蓝色眸子里，浮起了一抹锐利的光芒。

"你见到他了，对不对？"他的声音低低的，却一下子击中了我的心。

我的心脏在胸膛里怦怦乱跳，虽然知道千皓辰真的很聪明，但却没有想到他能在我只说了那样一句话的时候，就完全猜到了。

"皓辰，其实我想，你应该听听你父亲的解释，也许他真的有原因呢？真的不能在你老妈去世之前赶回来呢？虽然我不知道你父亲的工作是什么，但是感觉很重要、很迫切的样子，我觉得你好像也应该替你老爸考虑一下，他不会不爱你老妈的……"我心急地向千皓辰解释。

可是千皓辰的脸色瞬间变得非常难看！

他皱起眉头，眼睛里绽出愤怒的光芒："是他让你说的吗？是他让你来劝我的吗？是他让你来替他解释的吗？！"

他的反应超出了我的想象，我连忙安抚他："皓辰，你先不要这么激动，我本来也不想这样说的，可是刚刚我见到了你的父亲，听他说起了很多他和你老妈的故事。我想，他是真的爱你老妈的，不然不会十几年都喝着苦苦的黑咖啡，为了纪念和你老妈的初次相遇！他赶不回来，一定是有迫不得已的原因……那天晚上你也知道的，那是个下着大雨的夜晚，不是吗？！"

"够了！不要说了！"

我的话还没有说完，千皓辰就突然对着我一声怒吼！

他的脸孔瞬间就变得无比惨白，好似那个下着凄冷的冰雨的夜晚，依然还哽在他的心里，是他所有病症的症结。

"不要再提起我老妈的事情！不要再提起那个夜晚！蜜儿，你怎么可以说出这样的话？他们不理解我、打击我、要求我，为什么你也这样对我？你难道看不到我的痛苦吗？你难道不知道我的伤心吗？为什么你还要替他说，为什么还要替他解释，为什么还要这样刺激我！"

千皓辰生气地对我吼着，他的眼眶泛红，脸孔发白。他伸手捧着自己的额头，似乎头又开始疼痛了！

"皓辰……"我有些担心地看着他，却依然还想要解释，"不是那样的，不是你想的那样。我只是觉得，你的父亲还是爱你的，也是爱你老妈的。只是他一直不在你的身边，没有来得及和你沟通而已！你要学着体谅他、理解他，我只是希望你能和家人在一起，希望你能幸福啊！皓辰，你难道忘了吗？你老妈的葬礼还没有举行，她还躺在那里……等着你这个儿子回去啊！"

"不！不！Shut up！"千皓辰对着我大叫一声，声音就像撕裂一般地疼痛，"别说了！别说了！我不要听，我不想听！别提起我妈，别提起我妈！如果不想我死，就不要再说了！啊……啊！"

他痛苦地呻吟着，双手抱住头，在病床上来回扭动。

"皓辰!"我被他的样子吓了一跳,知道他又发病了,连忙伸手去扶他,"皓辰,你别生气,我真的没有恶意,我只是……只是想帮你解开心结,让你不再为那件事困扰,也为了你的老妈能够平安……"

　　"走开!"千皓辰猛地甩开我的手,差点把想要扶着他的我给推倒在地板上,"别再说了!别再说了,陶蜜儿!你怎么可以对我说这样的话……你怎么……啊……"

　　皓辰痛得在病床上挣扎,他拉开病床的抽屉,从里面抓出一瓶药,拧开瓶盖就要往嘴巴里灌!

　　眼尖的我立刻发现那是一瓶标着"镇静剂类"的药物!

　　天啊,这个男生怎么还留着这样大剂量的镇静剂?老爸明明已经说过,他再也不能吃了,再吃下去,他的整个脑神经都会受损的!

　　"不要!皓辰!不要再吃了!不要!"我猛地扑了过去,一把抓住他手中的那瓶药,"对不起,皓辰!对不起!我不该对你说这样的话……可是你知道吗?这是你所有心病的症结,如果不把这个心结打开的话,你永远都好不了!还有你去世的老妈……她看到这样的你,该会多么伤心啊……皓辰……皓辰……你替你老妈想一想,替老妈想一想啊!"

　　我抓住他的手,哭着在他的身边跪倒。

　　千皓辰手中的药瓶歪倒在我们握在一起的手掌中,白花花的药片洒了一地……

　　他无力地倒在病床上,苦涩的药片塞了他一嘴……那是多么多么苦的味道,可是……却完全比不过,从他的眼角缓缓滑落的泪水……那是比药片更苦、更涩的味道……

　　老妈……皓辰的老妈……皓辰死也不肯去面对老妈的葬礼……他总在假装老妈还活着,老妈在他看不到的地方活着……只要不举行葬礼,老妈就依

然活着……

病房里安静得只有眼泪滚落的声音，我仿佛听到这个倔强男生的心里有什么东西轻轻地碎裂了……

正当我们两个默默垂泪的时候，病房的房门猛地被人撞开了。

"乌眼鸡"先生竟然带着那一群穿着黑色西装的男人，一下子闯了进来！

"喂，你们做什么？"我有些吃惊，瞪圆了眼睛问他们。

"我们要做什么，你不知道吗？刚刚不是说好了，我们要带少爷走！""乌眼鸡"先生把手一挥。

"什么？说好了？"我吃惊地瞪大眼睛，"我什么时候跟你们说好了，我只是说要劝劝皓辰，并没有说让你们现在就带他走！"

"没有时间啰唆了！你们快点过去，把少爷抬走！""乌眼鸡"蛮不讲理，那些人朝着千皓辰扑了过去。

还在流泪的千皓辰愣了一下，吃惊地把眼神移到了我的身上。那浅蓝色的眸子里泛出惊讶的光芒，他看着我，仿佛用眼睛在责问着我，好像我真的背叛了他一样！

"不是的！皓辰，我没有见过他们，也没有让他们过来。我真的只是见了你的父亲，是他要我来劝你的，我……"我着急地向千皓辰解释。

可是他的眼中满是受伤的神情。

当那些穿着黑西装的男人把手伸向他的时候，千皓辰抿着嘴唇，说出了一句让我终生难忘的话：

"蜜儿，你……怎么能背叛我！"

咚！我的一颗心，几乎掉进了冰冻几千年的冰川里。

好冷啊，好冷。

"蜜儿，你……怎么能背叛我！"

千皓辰的声音，就像是一把尖刀生生地撕裂我的心，痛得我的眼泪像断了线的珠子一样，不停地滚落下来。不，那不仅仅是眼泪，还和着心里伤口涌出的鲜血，那样赤红的，那样耀眼的，那样让我疼痛的……血……血和眼泪……

看着被那些男人架住了胳膊，硬生生地朝门外拖的千皓辰，我颤抖地对他喊："不……皓辰……我没有！我……没有啊！"

千皓辰脸色苍白，虽然两条胳膊都被人从旁边架住了，可是那双泛着浅蓝色眸子的眼睛却直直地盯着我，目光中透出了伤心、痛苦、怨恨和悲伤。那目光就像是一把刀子，生生地要切开我的胸膛，切碎我的心脏，那样紧紧地……死死地盯着我……纠缠着我……

"皓辰，我没有……我没有……你相信我。求求你，相信我！不是我让他们来的……真的……真的……"我流着泪向他解释。

千皓辰的脸色已经难看到了极点，他的嘴唇抖动着，只是低低地吐出一句话："蜜儿，你怎么可以这样做……你怎么可以……你是这个世界上，我唯一还相信的人！可是蜜儿……你背叛了我！"

哗——我的眼泪就像泉水一样喷涌出来。

为了他这句话，为了他这句从心底涌出的话……我拼命地摇头。

我对着他用力地摇头，不管自己甩掉了多少泪珠，不管自己的表情多么难看，我只想让千皓辰知道，我没有……我没有背叛他，我真的没有背叛他！

"不是的！皓辰，不是的！"我哭喊着，伸手想拉住他的手。

但是旁边那些架住他胳膊的男人，立刻就把千皓辰向后一拉！

　　眼看我们的指尖只差几个厘米就可以碰触到了，但黑西装男人手一用力，又把我们硬生生地给拖开了！

　　"放手！你们快放开皓辰！"我朝那两个男人大叫起来，"不许把皓辰带走。快点放开他！你们放开他！"

　　他们到底为什么跑到这里来？难道真的是皓辰的父亲指使的吗？我不相信，刚刚那位叔叔还和我谈得那么投机，他拜托我来劝说皓辰的，绝不会又突然派人来抢走皓辰的！不会的！可是这些人到底为什么一定来抢？为什么？！

　　"放开皓辰！放开！"我尖叫着朝他们扑过去，抬起自己的小手，又想要施展我的"蜜桃神拳"，让他们快点放开皓辰！

　　可我还没有打出去，身后突然蹿上一个人，一下子就钳住了我的手腕！

　　"小丫头，你以为我还会给你机会打我的手下吗？！"

　　是"乌眼鸡"先生！他站在我的身后，用力抓住我的胳膊！我被他死死地按住，根本动弹不得！

　　"快把少爷带走！不能再让先生伤心了！""乌眼鸡"先生朝着那些手下下令。

　　"不行！不能把皓辰带走！你们放开我！"我看着他们拖着皓辰就走，急得哭喊起来，"你们不能就这样带走皓辰，他还在生病！你们只知道不让先生伤心，有没有想过皓辰！最伤心的人是他啊！放开他！我不许你们这样带走他！不可以，不可以！"

　　"行了，小丫头，别叫了！""乌眼鸡"先生居然伸手捂住了我的嘴巴，"你还真够烦人的！别给我吵了！少爷我们是一定要带走的。别忘了你和先生承诺了什么！我们只不过是让这个过程加快而已！所以你给我老实一点儿，不然我就把你从这里丢下去！"

“乌眼鸡”先生真的有些气急败坏了，他死命地捂住我的嘴巴，还大声地朝我吼着！

　　我被他捂住了嘴巴，一个字也说不出来了。

　　那些人架着千皓辰往病房门外走，可怜的我们，就这样一个在东，一个在西，活生生地被这些人越分越远……

　　我看着千皓辰，看着被那些人架住的千皓辰，他的脸色依然苍白，却依然帅气，他的眼睛是那样的悲伤，那抹浅蓝深深地印在了我的心底……

　　皓辰，你要走了吗？你就这样离开我了吗？我们……是不是永远都见不到了？对不起，皓辰……虽然这些人并不是我叫来的，我也真的没有和他们有什么协议，但是……我是真的答应了你的父亲，是真的想要劝你回去……因为你的妈妈还在等你，因为她只有看到你，看到最心爱的儿子，才能真的入土为安……皓辰……再见了……皓辰……再见了……无论我们以后是否还能再见，但是我一定不会忘记……一定不会忘记在我十七岁那年的夏天，有个名叫千皓辰的男生，闯进了我的心……

　　“唔……唔唔……”我被“乌眼鸡”先生捂着嘴巴，但是我却努力地想要再说些什么。

　　可是字句都被“乌眼鸡”先生的手掌按了进去，留下的，只有无力的呜咽，和那颗颗滚落的泪珠……

　　那两个男人架着千皓辰，眼看就要旋开病房的房门，可就在这个瞬间，一直用浅蓝色眼睛望着我的千皓辰却突然大喊了一声：“等一下！”

　　屋子里的人立刻被他这句话震得呆愣了一下。

　　“放开我，我要和她说几句话。”千皓辰咬着嘴唇，气势凌人地对那些人下命令。

　　架住他的男人和“乌眼鸡”先生都愣了一下，但那两个男人没有放开千皓辰，

"乌眼鸡"先生也没有放开我。

"没有听到我的话吗？！放开她，让我跟她说两句话，我就跟你们回去！"千皓辰再一次对他们严厉地下令！

这一次"乌眼鸡"先生被吓了一跳，他看了两眼千皓辰，终于无可奈何地对着两个手下使了个眼色，他们放开了千皓辰，"乌眼鸡"也放开了我。

我一脱离"乌眼鸡"先生的钳制，立刻就想快点跑到千皓辰的面前去，想要对他解释。可是没有想到我的脚下一软，一头就栽倒在地板上！

千皓辰一把抓住了我，已经急得鼻涕一把眼泪一把的我，立刻就跌倒在了他的怀里。

"皓辰……"我抓着他的胳膊，泪珠扑簌簌地滚落下来，"皓辰，你相信我，我没有和他们串通，我没有背叛你。我真的没有……"

千皓辰扶着跌倒的我，没有责备，只是微微地摇了摇头。

"这不重要了，我只想问一句，蜜儿，你真的要我走吗？"

呃……

他的这句话一出口，我的心立刻就紧紧地颤抖了一下。

我要他走？不！天知道，我是最不想让他走的那一个……我甚至希望他能永远留在这里，希望他能永远在我的身边，也希望老爸能治好他的病，能让他再像以前一样快乐起来！

那个我曾经最讨厌的千皓辰现在……现在却让我这样地留恋……这个坚强倔强的男孩子，为什么在我为他动了心的时候，却要离开……

"不……皓辰……不……我不想让你走……我不想！我想要让你永远都留在我的……"我用力地摇头，眼泪像是珠子一样地滚落。

但我的这句话还没有说完，千皓辰突然用力，一下就把我抱进了他的怀中！

我重重地撞进他的怀里，只觉得有湿湿凉凉的泪水，落在了我的脸颊上。

"有这句话就够了……蜜儿……够了。"他咬着嘴唇，声音在我的颈窝里颤抖。

"皓辰……"我用力地抱住他，也顾不得有那么多"观众"在场，只想用力地抱紧他，"可是……可是你一定要回去……你妈妈还在等你，你不能就这样不管她……你也要去和叔叔沟通，也许……一切都不是你想的那样……皓辰，那是你的病结所在，你一定要去解开，你……"

我试图向他再哭诉些什么，但突然之间，却觉得我的左耳耳垂上一阵生生的剧痛！

"啊……"我惨叫出声。

千皓辰在咬我！他竟然张口咬了我的耳朵！好痛！真的好痛！可是……可是我知道，那是发自皓辰心里的痛……他咬我有多痛，他的心，会比我更痛！

"蜜儿……"他从我的颈间抬起头，晶莹的泪花在他的眼睛里翻滚，"蜜儿，不要忘记我。我会回来的……我一定会回来的……记住我留给你的印记。我的……蜜桃公主……"

大颗大颗眼泪，就这样从千皓辰的眼睛里夺眶而出。

我有些呆住了，望着他流下的泪水，心如刀绞。

已经顾不得他刚刚说了什么话，也顾不得他咬在我耳朵上的疼痛，虽然那里可能已经流血了，我只顾得眼前的他……眼前的千皓辰，眼前的这个为我泪流满面的男生……我最喜欢的……皓辰……

千皓辰站起身来，恋恋不舍地望了我一眼，终于猛地转身，大踏步地朝病房门口走去。

"还等什么，走吧！"他冷若冰霜地对"乌眼鸡"先生说，迅速拉开病房的门，连头都没有回一步就踏出了门外。

咔嗒！

病房的门硬生生地落下，我的心门也像是被人硬生生地关上了。

"乌眼鸡"先生他们看到皓辰走了，也跟着一起走了出去。刚刚还吵闹得快要翻了天的病房里，就只剩下了跌坐在地板上的我……

皓辰走了……他真的走了……只留给我一个属于他的印记就走了……

他对我说，他会回来的，我一定要等他回来……

可是皓辰……你什么时候才会回来？

为什么你才离开我一分钟，我就已经开始想念……

皓辰……皓辰……我会等你的……

你……一定要回来，一定……要……回来……

我伏倒在地板上，无法遏制的眼泪，晕湿了淡黄色的地板……

10

章节

★

仙蒂瑞拉的结局
The ending of Cinderella

★

Vol. 1 最后一场童话电影

皓辰走了。

留给我一个永远难以忘记的印记，走了。

站在学校的洗手间里，我对着镜子轻轻地捏起自己的耳朵，那个小小的齿印还留在我的耳垂上。

看着那红红的印记，我忍不住想起当他离开时，那含着眼泪咬住我耳朵时的表情……

皓辰……皓辰……你真的就这样走了？还会回来吗？还会记得我吗？你对我说，一定要等你回来……

皓辰，我会等你，我真的会等你……

可是……可是已经过了这么久了，你什么时候才会回来……

皓辰……皓辰……

泪花忍不住翻滚起来，眼前的视线顿时变得模糊了。

皓辰啊，多希望当我再次睁开眼睛的时候，你能够出现在我的面前……

我用力地揉搓着自己的眼睛，当我再度抬起头的时候，竟然真的从镜子里看到背后的房门被人推开了，一个身影从外面走了进来。

"皓……皓辰！"我立刻吃惊地尖叫出声。

"皓辰个鬼啦！"

我话还没有说出来，已经被人一巴掌重重地拍到我的后脑勺上。

"水蜜桃，你又在做白日梦啊！"

珊雅站在我的身后，甩给我一个大白眼："居然把我看成千皓辰，要知道这里可是女生洗手间耶，千皓辰怎么可能跑进来！"

呃……

看到好朋友珊雅，我才顿时清醒过来。她说得对啊，这里可是我们学校的女生洗手间，千皓辰虽然是个淘气的家伙，可也不会闯进这里来的。

唉，白日梦……

我又做白日梦了吗？

珊雅拍拍我的肩："不是吧，蜜儿，你又哭了？"

"哪有，我洗脸时水进了眼睛而已。"我不想让好友发现我又在偷偷地哭泣，连忙拧开水龙头洗了下脸。

"骗谁呢，看你的眼睛都红成什么样子了！"珊雅是非常了解我的，"我说你这个小丫头，怎么那么想不开。以前和他吵得天翻地覆，现在又哭天抢地的。那个家伙真的有那么好吗？真的值得我们的水蜜桃这么为他伤心？"

"什么啊！"我摇摇头，"你别乱说了，我才没有伤心，我只不过来洗洗脸。"

"少来了。"珊雅突然伸手捏了一下我的耳朵，"看你这里红彤彤的，没想他才怪呢！"

耳朵上被皓辰咬的那块印记猛然一痛，我禁不住向后退了一步。

"珊雅，你别碰。"

"啊呀啊呀，还说没有想他呢！"珊雅对着我撇嘴，"千皓辰那个家伙也真厉害，都要走了还送给你这么一个不能忘记的东西。不过都已经三个月了，他连个电话都没有打给你吧？我看他也许不会回来了。"

我的心头随着珊雅的这句话立刻一酸，真的已经过去好久了，皓辰连个电话都没有打过来，更别说回到我的身边来了。

难道……难道他真的……真的把我忘记了吗？真的不会回来了吗？真的……

我心烦意乱地把水龙头一关："我要回去上课了。"

"喂，蜜儿，你生气了？"珊雅从洗手间里追出来。

"没有。"我没有回头，但是心里却闷闷地作痛。

"蜜儿，你别走啊。我准备了东西给你看呢。"珊雅跟在我的身后，拼命地想要把什么东西递到我的面前来，"别老想着那个不回来的男生了，这个世界上帅哥还多得很呢！你看这个，丹麦的小王子耶！最近好像就要举行什么选妃舞会了，你难道……"

"好了，珊雅！"我伸手推开珊雅的手，"不要再跟我说这些了好不好，我一点儿兴趣也没有。"

"怎么没兴趣啊，好好看看啦！"

珊雅把手里的那本杂志递给我："你看嘛，看嘛，王子耶！你最喜欢的童话里的王子耶！"

"够了！让我一个人安静一下好不好？求你了，珊雅！"

我推开珊雅，有些不太高兴："不要再跟我说童话和王子了，那些都已经不再重要了……"

也许以前我真的迷恋童话和王子，但是直到和千皓辰相遇，我才真正明白，童话里的王子永远都只是属于公主的。而生活中的那个关心你的人，才是属于自己的童话，属于自己的王子。

以前没有觉得千皓辰在我的心里有多么重要，但当他真的离开之后，我却觉得自己的心变得空落落的，脑海中总是回荡着他的声音、他的笑容、他的表情，甚至他的捉弄……

好想念他啊，真的好想念。

可是真的连一点儿消息都没有，他走得那么匆忙，让我连问他联络方式的机会都没有。

我只能这样痴痴地等着，等着那好像越来越遥遥无期的他……

有些烦闷地走出了教学大楼，我一个人来到了学校的大草坪，找了一个安静的角落，默默地坐了下来。

我摆弄着自己手里的《世界经典童话》，却怎么也无法再看下去。

《天鹅湖》、《白雪公主》、《睡美人》……每个经典的童话里，都会有一位温柔的王子陪伴着公主。

可是我的王子呢？

他又去哪里了？

就算是最最可怜的灰姑娘，最后都赢得了王子的爱……

可是我……我……

我默默地看着离我不远处的一棵大树。

记得那一次我和千皓辰吵架，他就一个人静静地坐在那里，虽然有别的女生来搭讪，但我依然清晰地记得他急切的表情，和想向我表白的那双漂亮眼睛……

"小桃子……你在说什么啊？我从来都没有责怪过你啊，在我心里……"

在你心里是什么？皓辰，你那时候想要告诉我什么？想要对我说些什么……

皓辰……皓辰，你真的不要我了吗？

不回来了吗？再也不要见我了吗？

皓辰，你知不知道，我好想你，我好……

"皓辰，我想你……皓辰……皓辰……"我低下头，握着自己的手指，忍不住低头啜泣起来。

突然有什么东西硌了我的指尖一下，就像是童话中的一样，从我的指缝间

猛地有一串闪亮的星光飘散出来，接着一位穿着黑色大袍子的白胡子老爷爷一下子就出现在我的面前！

呀，是千皓辰送给我的那枚尾戒！

他走的时候我忘记还给他，也忘记了在那枚尾戒里，还住着这样一位满脸花白胡子的老爷爷！

"小蜜桃，你怎么哭起来了？"老爷爷笑眯眯地看着我，"我知道了，你在想皓辰了，对不对？"

老爷爷的突然出现已经让我大吃一惊了，没想到他竟然又对我提起皓辰，更是让我吃惊地瞪圆了眼睛，惊讶地望着他："老爷爷，您……您怎么会知道皓辰？"

"我当然知道。"

老爷爷笑得连眼睛都眯了起来："你说我为什么会住在这枚戒指里？因为我就是皓辰的守护教父啊，所以每天都跟在他的身边。无论你们发生什么事情，我都知道的。"

"啊？"

守护教父？这个词我从来都没有听到过。

可是皓辰不知道他的守护教父住在戒指里吗？为什么还会把这么重要的东西送给我？

"老爷爷，对不起，皓辰已经走了，可是我却忘记了把这枚戒指还给他，害得你也无法守护他……"我有些低落地回答他。

"哈哈，不用把我还给他的。"

老爷爷听到我的话，没有不高兴反而笑得更加开心了："现在皓辰已经不用我来守护了，他已经有了另外的守护人了。"

"另外的守护人？"我有些不解。

"就是你啊。"老爷爷笑得眼睛都眯了起来。

"我？！"

我惊讶地把眼睛瞪得溜圆："您……您在开玩笑吧，我怎么会是……守护他的人……他现在都不在我的身边……"

"不，小蜜桃，不是像你想的那样，只有守在他的身边才是守护他的人。你也看到了，皓辰的心里有着一个非常大的死结，能够帮他解开那个结的人，才是真正进到他的心里可以守护他的人。我没有做到，皓辰的父亲也没有做到，但是你做到了。所以皓辰把这枚戒指送给了你，说明他和我一样，已经认定你是可以守护他的人了。"

啊，听了老爷爷的话，我才明白过来。

虽然只是误打误撞地帮着皓辰解开了心结，可他还是离开了我，只剩下这枚漂亮的天使尾戒留在我的身边……

"唉……"我忍不住叹了一口气。

"虽然我帮了他，但是我还不知道他能不能真正解开心结。而且他走了那么久，都没有一个电话。我想……他已经忘记我了吧。"一想到这个，我的声音立刻低沉下去。

"别那么悲观嘛。"

老爷爷拍了拍我的肩膀："有些事情，并不像你想象中的那样。对了，你不是很喜欢童话吗？我给你的那张童话电影票怎样？有没有遇到真正的王子？那位王子是不是比皓辰更让你动心呢？"

一听到老爷爷提起童话电影院的事情，我的心里更是有些无奈。

我伸手把自己口袋里的电影票摸了出来，递到老爷爷的面前："谢谢爷爷您帮我实现愿望，让我进入了那么多经典的童话里。可是我也知道，童话里的王子，喜欢的永远都是童话中的公主，并不是进入童话的我。王子和公主

才是永恒的幸福童话，而我……我没有资格得到王子的爱情……”

“NO！NO！NO！”

老爷爷没有接过我的电影票：“小桃子，你这句话我不同意，知道吗，每个人都拥有只属于自己的童话，每个女孩也都会拥有属于自己的王子。有些事情不是像你预料的一样，不要想得太多，还是去亲自经历吧。”

老爷爷抬起手来，手指尖上有金色的光芒闪过，一直闪到我手中的电影票上。

“小蜜桃，你知不知道，这张电影票并不是单人票，而是双人的。你难道不想知道每次坐在你的身边，和你一起经历这些童话的人是谁吗？难道不想再看到那位王子殿下……”

电影票开始闪出耀眼的光圈，那光圈越闪越大，越闪越亮。

老爷爷的话也让我越来越吃惊，这张电影票居然不是单人的，是双人的？难道每次我经历童话的时候，都会有人跟我一起经历这些童话吗？

“去吧，我的孩子，再去经历一次吧。在最后这一次童话电影中，找到只属于你的童话，找到只属于你的王子……去吧，我勇敢的孩子！”

老爷爷突然挥手，那张电影票一下子就飞了起来，闪亮的金色光芒就像是太阳一样照亮了整个天空！

我突然觉得自己被笼罩进了那束金色的光芒里，好像被什么拖住一样，一下子就朝着另一个世界飞了过去！

啊，这是怎么回事？

难道……

又要把我送到童话中去了？！

Vol. 2 仙蒂瑞拉的传说

"起床了起床了! 笨丫头居然又睡着了, 真会偷懒!"

刚刚被金色的光芒晃了眼睛, 凭空里又突然传来一声尖叫, 差点儿把我的耳膜震破。

我猛然睁开眼睛, 眼前立刻出现两个奇怪的女生。她们留着弯弯曲曲的棕色长发, 身上穿着像是中世纪英国贵族般的超大超华美的裙子, 只不过一个脸上长着歪歪扭扭的豆豆眼睛, 一个脸上长了一枚红彤彤的草莓鼻子。

哇, 好丑耶。她们是谁?

"死丫头, 你居然又敢偷懒, 快点给我起来!""豆豆眼睛"挤着一双对眼朝我大吼大叫。

"就是, 谁允许你睡的? 我们的裙子呢? 快点给我拿来!""草莓鼻子"叫得更加大声。

我被她们两个吓了一大跳, 连忙弹起身来。

我应该又是被送进了哪个经典的童话中了吧? 眼前的这两个奇怪的女生应该是……

"对不起, 我……"

我抬腿, 刚想解释, 没想到才迈了一步, 就看到"草莓鼻子"的脚尖突然一动, 好像踩到了一个什么机关似的, 我的脚下立刻就觉得软软的一空——

扑通!

连个准备的时间都没有给我, 就让我一头栽进了一个又黑又小又脏又臭的地下室里!

扑——

黑黑的煤灰立刻就扑了我一头一脸。

"哇哈哈！姐姐，你看那个笨蛋！她又上当了，又上当了！哈哈！"

"哈哈！看她那个脏样子，黑得简直就像非洲土著人啊！哈哈哈！"

两个女孩子站在我的头顶上，笑得前仰后合，差点儿把她们的对眼和草莓鼻子都给笑歪了！

我坐在地下室的煤堆上，根本不用再胡思乱想，就知道我这一次是跌进了什么样的童话——灰姑娘的传说！

仙蒂瑞拉啊，她有一天会变成美丽的公主，出现在王子的面前，也会拥有属于自己的那份美丽的爱情，属于自己的那双水晶鞋。

可是我呢？皓辰已经走了，而这些童话也仅仅只是童话。

"唉。"

我忍不住低头，轻轻地叹息了一声。

"姐姐，你听，她在叹气呢。哈哈，大概她也知道，根本不可能去王子的选妃舞会吧。"

"没错，看她那样子，还妄想当上王妃？别做梦了！就让她好好地待在这地下室里，和她的煤灰做伴吧。我们可要打扮得漂漂亮亮的，去参加王子的选妃舞会啦。哈哈哈！"

她们的笑声渐渐远去。我却一个人被困在这又黑又暗又脏又破的地下室里。

如果以前，能够亲自经历这样的童话，我一定会激动得跳起来的。而且那位王子他真的对我很好，那样温柔，那样让人心动。可是……我知道，他不会属于我的。他喜欢的是童话中的公主，而不是我……但喜欢我的那个笨蛋，那个曾经让我头痛、让我哭泣的千皓辰却……

突然想起那时候在白雪公主的童话中，我曾经对王子说过的话，我说如果他能和千皓辰变成同一个人就好了，那样千皓辰就能像王子一样温柔，那么王子也可以拥有千皓辰的快乐了。可是现在……现在千皓辰已经走了，走了那么久，走了那么远……王子……王子……

我的眼圈忍不住一红，眼泪又快要滑落下来。

"吱吱吱，仙蒂瑞拉，别哭泣，我们都来帮助你；

吱吱吱，仙蒂瑞拉，别伤心，坚强努力别放弃；

吱吱吱，仙蒂瑞拉，好美丽，王子的王妃就是你。

吱吱吱……"

突然之间，我竟然听到一连串轻声的歌唱。

当我抬起头来的时候，竟然在黑暗中发现了十几只长着金色绒毛的小老鼠，排着队在我的面前跳舞。

它们一边唱一边跳，小小的爪子、尖尖的小耳朵，竟然是那样的神气和可爱。

小老鼠的歌还没有唱完，地下室小窗边的一群可爱的小鸟也飞了过来，它们也叽叽喳喳地唱起来：

"啾啾啾，仙蒂瑞拉，多可爱，我们大家都爱你；

啾啾啾，仙蒂瑞拉，多善良，我们大家都亲你；

啾啾啾，仙蒂瑞拉，快换衣，王子一定喜欢你！"

小鸟们并排抖动着翅膀，歌声是那样的清脆动人。

不过小鸟们的歌还没有唱完，从老鼠排里立刻就跳出一只个子稍大些的小老鼠，朝着鸟儿们大喊道："喂喂喂，你们太不讲理了吧，干吗抢我们的歌词！"

小鸟儿们也不肯示弱，有一只蓝羽毛的小鸟立刻就跳出来朝着小老鼠叫道："谁说我们抢你的歌词？谁说这歌只能你们唱？"

"当然了，这歌是我们安慰仙蒂瑞拉的。你们凭什么唱？"

"我们也是来安慰仙蒂瑞拉的，凭什么只有你们能？"

哇，原来不仅仅是只有我的好朋友珊雅那么聒噪，连小鸟儿和小老鼠也可以吵得这么不可开交啊！

"呀，你们这些只会学舌的小八哥鸟！"

"喂，你们这些只会乱蹦乱跳的皮老鼠！"

"吱吱吱！我们要和你们大战三百回合！"

"啾啾啾！来呀来呀，谁会怕你们！"

扑通扑通！

小鸟儿挥着翅膀和小老鼠们扭在一起，一个接着一个滚进了煤灰里，整个小地下室里立刻粉尘飞扬，可爱的小老鼠小鸟儿们也都变成了灰溜溜的模样。

扑哧！

看到它们跟我一起滚成了黑糊糊的煤球儿，我差点儿忍不住要笑出声来，眼泪也自动地吞了回去。

"仙蒂瑞拉笑了！真的笑了！"

"吱吱，真的笑了！"

小老鼠和小鸟儿们停止了争吵，带着满头满脸的黑煤灰，跟着我一起笑了起来。

我一只手捧住蓝羽毛的小鸟儿，一只手捧住金色绒毛的小老鼠："谢谢你们来安慰我，让我在这个地方还能开心地笑出来。"

灰头灰脸的小老鼠立刻露出一排小白牙："仙蒂瑞拉，只要你能开心就好了。平时你对我们那么好，我们都不想看到你流泪。"

"没错没错。"蓝羽毛的小鸟儿也露出它金黄色的小嘴，"我们都想仙蒂瑞拉能得到属于自己的幸福，能找到给你快乐的人。仙蒂瑞拉，你难道不知道今天晚上有王子的选妃舞会吗？"

它们的话让我有些低落："我知道的，可是我不想去。"

"为什么？"小鸟儿和小老鼠都对着我直起身子。

"因为那不是属于我的王子。"我低下头，灰灰的地下室里，仿佛浮起了千皓辰那张英俊的脸孔，"我喜欢的那个人，已经不在这里了。那位选妃的王子，也并不是属于我的。虽然我知道这个美丽的童话中，灰姑娘得到了王子的关爱。但，我不能永远活在童话里。我要等的，是那个要我等待的人……"

"啾啾啾，雀雀不明白呢。难道仙蒂已经有喜欢的人了吗？"

"吱吱吱，小鼠也不明白。难道仙蒂不想去见王子了吗？"

"我想，我想见他。我想跟那个一直和我经历童话的王子说声谢谢，谢谢他教会了我很多东西，也帮我经历了那么多经典的童话。但是我更想见的，是只属于我的那位王子……虽然现在，我不知道他身在何方……"

不知道为什么，我的话说来说去，总是会绕到千皓辰的身上。

他似乎已经在我的心里落了地、生了根、发了芽，我曾经多么希望千皓辰能变得像王子一样温柔、体贴，但现在，我更希望王子能变成他，能变得像他一样纯真、快乐。

皓辰……皓辰，你听到了吗？你听到我对你的呼唤了吗？皓辰……皓……

"想见就快去见啊！王子的舞会快要开始了！"雀雀突然飞到我的肩膀上，"仙蒂你是不是没有漂亮的衣服？是不是没有美丽的舞鞋？"

"没有关系，这一切，都交给我们伟大的童话教父吧！"金毛的小老鼠突然也跟着雀雀大声地说了起来，并且一溜烟地爬到我的肩膀上。

"童话教父？"我好像在哪里听到过这个名字。

只听到蓝羽毛的雀雀和金绒毛的小鼠一起尖声叫道：

"啾啾啾。"

"吱吱吱。"

就像真的是童话中的神奇魔法一般，天空中突然飘荡起了金色的光芒，一位穿着黑色大袍却留着拖地长胡子的老爷爷，再一次出现在我的面前！

"嗨，小蜜桃，我们又见面啦！"老爷爷笑得连眉毛胡子都抖了起来，眯起的眼睛更变成了一汪弯弯的月牙。

"啊！是您！"

这……这不是送我童话电影票，还对我说他是千皓辰的守护教父的老爷爷吗？怎么他也出现在这里了？！

Vol. 3 童话教父

"可爱的小蜜桃，我们又见面啦！"白胡子老爷爷对我笑得连眼睛都快要看不见了。

我吃惊地瞪着他，不能相信自己的眼睛："您……您怎么会在这里？这不是在童话中吗？您不是皓辰的守护教父吗？又怎么……"

"呵呵，"老爷爷捋着胡子对我眯着眼睛微笑，"我来这里兼职啦！"

晕倒！

我差点没一头栽倒在煤堆里，童话里居然还有兼职的吗？

"好啦，别在这里发呆啦。快点换上美丽的衣服，去参加王子的舞会吧！"

老爷爷的动作倒是非常麻利。我还没有答应呢，他已经把他手中的手杖一挥，刚刚还在对着我唱歌的小老鼠们立刻就摇身一变，成为八匹威风凛凛的高大白马。手杖的光芒再次挥动，那些站在窗台上的小鸟儿马上落到地上，变成了手拿马鞭的马车夫和漂亮的侍女。连放在窗边的一个已经干瘪的南瓜，也随着金色的光芒滚落到地上，变成了一架精致华美的银色马车！

"哇，天哪！"看着眼前的一切，我吃惊地把眼睛瞪圆，"好漂亮的马车……"

这真是童话里才会发生的事情啊!

灰姑娘的银色马车，小老鼠变成的白马，小鸟儿变成的车夫，没想到一切都像童话一样在我的面前重演了! 我现在才体会到灰姑娘当时的心情，当一个平凡、普通，甚至是常常受到欺负的女孩，面前突然出现了这样华美精致的东西，并且让她去参加王子的舞会时，那该会是一个怎样激动的心情啊。

可是……

我的心情突然再一次低落下来。

我知道，这只是童话，我并不是真的灰姑娘，而那位王子殿下，喜欢的也并不是我，他爱的是童话中的那些公主吧。

"老爷爷，我不想去参加舞会。"我抬起头来，对着白胡子老爷爷说道。

"为什么?"老爷爷没想到我会这样说，有些不解地望着我。

"老爷爷，虽然我不知道您是谁，但是我真的很感激您让我经历了这么美丽的童话，也让我认识了那位那么温柔善良的王子。可是我知道，他喜欢的人不是我，他喜欢的人是那些善良美丽的公主，而不是我陶蜜儿。虽然一开始我真的很为他动心，但是不知道为什么，越和他接触，我就越在他的身上发现了另外一个人的影子……可是现在，那个人已经不在这里了，所以我……"我的眼前突然浮现出千皓辰的笑容。

他那双浅蓝色的像海水一样漂亮的眼睛，他那长长而浓密的睫毛，他那精致小巧的尖下巴，他微笑时，那在颊边浮起的可爱酒窝……

皓辰……你在哪里? 你知不知道，我有多么想念你……皓辰……

老爷爷发觉我的异样，有些孩子气地弯下腰来，眨着眼睛望着我的脸孔。

"你说那位王子的身上，有别人的影子? 那个人不在这里吗? 唔，让我猜猜，那个人……应该是皓辰吧!"

老爷爷一语中的，我的脸孔马上就泛起尴尬的微红!

"呃……那个……不是的……我……"

"不用解释啦，我已经了然在心啦！哈哈！"老爷爷看到我的尴尬，反而开心地大笑起来，"被我说对了吧，小蜜桃。你这个可爱的小丫头，不用这么害羞啦。我可是看着你们一路走过来的，甚至包括你们亲亲的时候……"

"呃？！"老爷爷这句话弄得我差点儿被自己的口水给呛死！

"哇哈哈，小蜜桃，你这个表情真的太可爱了，真该好好地给皓辰看一看！不过，你刚刚能说出这句话来，我已经很高兴了。别再推辞了，小蜜桃，这个舞会你是一定要出席的，不然……你可能会错过一个完美的王子哦！"老爷爷笑得眼睛都眯得看不到了，白白的眉毛胡子更是快要飞到天上去。

只看到他把手中的手杖再次一挥，金灿灿的星星般的光芒就立刻朝着我飞洒过来。

"老爷爷，您说的是什么意思？"

我还有些不解地想要追问，但是那金灿灿的光束已经把我整个儿包围了。从我的头顶开始，那金色的光芒一圈一圈地环绕下来，我只感觉全身都暖洋洋的，像是沐浴在三月春风里一样。头发自动地盘了起来，脸上的煤灰也很快消失了，身上破破烂烂的粗布衣裙随着光芒的闪动，开始一寸一寸地变化：本是灰灰的布制裙子，竟然从肩部开始，慢慢地变成了闪着银色和钻石般光芒的华丽的粉红色衣裙！

细细的肩带，合体的剪裁，胸前缀着精巧的大蝴蝶结，蝴蝶结的正中是一颗闪着耀眼光芒的晶莹剔透的钻石；裙子从腰部向下像粉色的莲花一般灿烂地绽开，裙边滚着精致的蕾丝和金色的丝带。这衣服真真正正像是童话中的公主穿的，如今穿在我的身上，让我真的有种恍然如梦般的感觉！

"老爷爷，这个……"我吃惊地望着他。

"哇，很漂亮。我们家的小蜜桃真的很漂亮！"老爷爷看着我，心满意足地点头，"啊，差点儿忘记了，蜜桃公主的小皇冠。"

老爷爷的手杖一挥，我只觉得自己的头发里又被插进了一个小小的东西。

对面的侍女捧起镜子来，我只看到镜中的我真的被打扮成了公主的模样，长长的头发上，被插上了一顶又小巧又精致、璀璨无比的小皇冠！可这些都不是让我最吃惊的，最最让我惊讶的是，镜中的我，竟然没有再变身！我不再像以前几部童话里一样，会变成金发碧眼的公主的模样。这一次，我竟然就是陶蜜儿的小脸，我被打扮成了一个粉色的蜜桃小公主！

"怎么样，很漂亮吧？我们的蜜桃小公主，一定可以迷倒那位王子殿下的！"老爷爷笑眯眯地凑过来，"别在这里发呆了，快点上车吧！"

"老爷爷，可是这个……我怎么这一次没有变呢？为什么会是我自己的模样？"我有些不解。

"因为有个很大的惊喜在等着你呀！快上车吧，我的小蜜桃，不然我们的王子可是要等急了！不要再问我为什么，只要你到了那里，一切都会有结果的！"老爷爷被我问烦了，他突然伸手，把我推上了那辆银色的马车。

"可是……"我还是有些不解，还想追问。

"不许可是了，出发！"

老爷爷打断了我的追问，猛然一挥手，高大华美的银马车就立刻开动了！

那群由小老鼠变成的八匹雪白的大马，全都嘶鸣一声，就像是童话中可以飞上天空的天马一样，撞破了地下室小小的天窗，朝着王子的皇宫飞驰而去！

我被侍女关在银色的马车里，朝着那神秘的皇宫里飞奔而去。

老爷爷说那里会有惊喜等着我，那会是什么呢？

马铃轻响，马蹄声声，银色的南瓜马车穿破了黑色的夜幕，带着星星般的璀璨光芒朝着金碧辉煌的王宫疾驰而去。一眨眼的工夫，我就已经到了王宫前。

侍女帮我打开了车门,王宫的守卫也帮我打开了通往华丽舞会的王宫大门。

金碧辉煌的王宫大厅里被鲜花和灯光所装点,悠扬的音乐声从大厅里传出来。人人衣着光鲜,姑娘们更是把自己打扮得异常美丽,整间大厅里简直是流光溢彩、精彩纷呈。

可当我从马车上走下来,看到眼前的景象时,却只想转身就跑。

这不是我应该来的场合,虽然我知道这是一部属于灰姑娘的童话,可是,王子喜欢的应该是真正的灰姑娘,不是我;我喜欢的那个人,也是离开的他,而不是那位英俊温柔的王子殿下……想起千皓辰曾经对我说,他是一位王子……我多希望,站在那间金碧辉煌的大厅里的人会是他……

"咦,这位是谁啊?怎么看起来很面熟?"

"怎么长得和我们家地下室的那个黑丫头有点像?"

我身边突然传来奇怪的议论声,吓得我立刻转身。

那是灰姑娘的两位坏姐姐,如果真的被她们发现我从地下室溜出来那就惨了,说不定在这里就要对我大打出手了。

可怜的灰姑娘啊。

这个舞会我还是不要进去了,干脆当个落跑的仙蒂瑞拉好了!

我转身就想逃走,不知道会不会害得这个灰姑娘的童话变成没有结局的童话?对不起了,可怜的王子殿下……

当我真的转身时,身后却又突然传来一个熟悉的声音:"水蜜桃,你要去哪里?!"

呃?

这个声音……

这个声音怎么听起来好像……

这个声音怎么听起来好像林珊雅！

真的是珊雅！

我转过身，立刻就看到穿着和我相似的宝蓝色公主裙的林珊雅，平时聪明睿智的珊雅此刻就像小女人般优雅迷人。

"珊雅！"我吃惊地瞪圆眼睛，简直有些不敢相信地看着她，"你，你怎么也会在这里？"

这明明是灰姑娘的童话啊！难道我拿了童话王国的电影票，掉进了这个灰姑娘的传奇，连我的好朋友林珊雅也……啊，难道，她就是那个和我一起穿越到这个童话王国的人吗？

"我怎么不能在这里？我的好友那么喜欢美丽的童话，我当然也要一起参加喽。"珊雅对着我微笑，眼睛都快要眯成了一条线。

"不会吧，"我睁大了眼睛，"难道说，你也穿越到童话王国了吗？"

"童话王国？"珊雅眨眨眼睛，"我不知道你说的童话王国是什么。但是我却知道，今天在这里，将会上演一幕非常美丽传奇的童话！"

珊雅伸手拉住我："快别站在这里了，我们进去吧，王子殿下就要来了。"

"王子殿下？珊雅，你到底在说什么啊？你知不知道，现在正进行的是灰姑娘的童话啊！我变成了仙蒂瑞拉，而那位王子……"我着急地向珊雅解释着，想让她明白这是一个怎样的状况。

可是珊雅却拉着我的胳膊，硬生生地把我拖进了那间金碧辉煌的王宫大厅。

高大宽阔的金色大厅，描金绣银的辉煌壁画，高高悬挂的巨大水晶吊灯，五光十色的琉璃灯盏，一片耀眼的金色和银色立刻展现在我的面前。

金碧辉煌的大厅里，人头涌动。女孩子们个个花枝招展，美丽异常。

可就在这一片晃眼的金色和银色之间，我竟然奇怪地发现了很多熟悉的身影——

隔壁班的小倩，七班的优优，九班的依晨！她们都穿着和我一样华美的衣衫，一起站在这美丽的大厅中。最最让我连嘴巴都合不拢的是，我竟然看到了那个曾经对千皓辰大献殷勤的秦雯欣，她竟然也和那些美丽的女孩们站在一起！

天啊，这究竟是什么状况啊，难道她们都一起跟我穿越到童话里来了？难道大家都是童话王国的客人吗？都急切地想成为那位王子殿下的王妃吗？

"珊雅，这到底是怎么回事啊？我怎么看到了优优和小倩，还有秦雯欣！难道大家都到童话王国里来了吗？难道……"我心急地拉住珊雅的手，想问个明白。

珊雅却抿着嘴巴对我微笑："桃桃，你别急嘛。这里是要上演美丽的童话，但是这部童话，却只属于王子和他的公主。"

王子和公主？

珊雅到底在说什么啊，我怎么越来越不明白了？王子到底是谁？是那位我一直在以前的童话里遇到的王子殿下吗？他的公主又会是谁？难道会是我的同学吗？啊呀，我怎么越来越糊涂，越来越不明白了！

正当我被眼前的景象弄得心乱如麻的时候，突然有人高声地喊道：

"各位请肃静。丹麦王国第七世安德烈国王陛下与王子殿下驾到！"

音乐声立刻停止，整个大厅里的人都同时弯下腰，对着即将从大厅门口进来的国王陛下与王子殿下鞠躬行礼。

我的疑虑更加深了，因为我清楚地听到了"丹麦王国"几个字！

灰姑娘的故事不是应该发生在童话王国里吗？怎么会突然跑出丹麦王国

来? 这到底是什么地方? 又发生了些什么事啊?

"珊……" 我刚想问我的好友,却被珊雅硬按着头给拉了下来。

"嘘——王子驾到不可以说话,也不可以抬头偷看。" 珊雅低声地对我说。

晕,这是什么破规矩!

我被珊雅硬按着和他们一起低头行礼。这时只听到一阵繁乱的脚步声从大厅的门口传过来。

接着有人大声地说道:"儿子,这是为你举行的选妃舞会。你可以现在就走到你喜欢的那位女孩的身边,你牵起谁的手,谁就将成为你的王妃。"

咦,这声音怎么听起来有些熟悉? 仿佛在哪里听到过一样。这声音不是那么标准的中文,但爽朗洪亮、掷地有声,好像……好像是……好像千皓辰的父亲的……

嗒……嗒……嗒嗒……

正当我胡思乱想,还想趁机对珊雅说出心中疑虑的时候,突然听到脚步声停到了我的面前。

那是一双穿着锃亮靴子的脚,配着雪白雪白的王子裤,滚着金色丝线的裤线,笔挺的长腿让人觉得是那样的挺拔和高大。他站在我的裙裾边,微微地弯下腰来,金色的丝穗从他深蓝色的王子制服的胸前微微地垂下来。他向我伸出一只手,那手指纤细而修长,带着温柔和体贴的气质……

不……不会吧? 他真的停到了我的面前? 就像是灰姑娘的童话一样,王子选择了灰姑娘? 可是不对! 我并不是真正的灰姑娘,我并不是他真正喜欢的人! 而且在我的心里,我最喜欢的那个人已经离开了……虽然我曾经梦想着,如果这位温柔的殿下,能够和他成为一个人,那该……

我微微地抬起头,却不敢去回握他伸过来的那只手。我只想向他道歉,我只想对他说,我喜欢的那个人并不是……

245
PAGE

"对不起，我……"

我的视线微微地向上，顺着他挺拔的身材，顺着他帅得令人窒息的王子装，顺着他充满了温柔和优雅的手掌，一直移到他那张英俊的脸庞上。

啊——啊啊！

尖叫瞬间就卡在我的喉咙里，我刚刚想要说出口的话完全被吞了回去！我的眼睛瞪得大大的，嘴巴都忘记了合拢！这一刻，我突然觉得血液在我的全身沸腾，我的手指在颤抖，我的全身都在颤抖！

不！不！这不是真的吧？这不是真的吧！童话老爷爷又在跟我开玩笑吧？这是童话王国里的幻影吧？怎么可能！怎么可能！不会的……不会的！

我连呼吸都快要停止了，我连心脏都快要停止跳动了！

不……不……不！

"怎么了，小桃子？"优雅迷人的王子，笑眯眯地对我弯起了眼睛，"难道你要拒绝我吗？难道你不想当我的蜜桃小王妃吗？"

他对着我淡淡地微笑，浅蓝色的眸子里，绽放出那样迷人的光芒。他抿着嘴唇，颊边的那两个漂亮的酒窝，迷人地浮现出来……他……他……

他是千皓辰！

"快来吧，我的小王妃，大家都在看着我们呢。难道你真的不想和我在一起了吗？难道你真的不想成为我的王妃？来跟我跳舞吧，我的水蜜桃。"

千皓辰的微笑在慢慢加深，他伸手握住我的右手，轻轻一用力，就把我拉进了他的怀中！

悠扬的圆舞曲立刻就在大厅里回荡起来，他扶住我的腰，一下子就滑进了大厅中央的舞池。

我跌进了他的怀里，被他扶着腰握着手在金碧辉煌的大厅里旋转！

金色、银色、女孩们身上的五颜六色，都比不过眼前他眸中淡淡的蓝色，和那一抹浅然的微笑，淡然的酒窝！

千皓辰！千皓辰！牵起我的手的，竟然是千皓辰，那个被所有人前呼后拥，称为王子殿下的，竟然是千皓辰！

天啊，我是在做梦吗？这还是童话吗？为什么那位温柔的王子消失不见了，出现在我面前的，竟然是千皓辰！可是这又不是梦，因为，我感觉得到他的体温，感觉得到他的手指，感觉得到他的心跳，感觉得到他的呼吸！

皓辰！千皓辰！

"小桃子，你怎么了？我回来了，难道你不开心吗？为什么一直瞪着我不放呢？"千皓辰低头，对着傻傻的我微笑。

"皓辰，真的是你吗？你真的回来了吗？是我在做梦吧？是我在童话里做梦吧？"我望着他的眼睛，有些不能相信。

千皓辰微笑："不，这不是梦。这是童话，但不是梦。这是只属于我们两个人的童话，这是只属于我们的梦。"

"可是……"我有些不能相信，"可是你怎么会是王子呢？以前我在童话里，遇到的都是另外一个男生……他那么温柔，那么体贴，他……"

"他很温柔、很体贴吗？那么我呢？"千皓辰温柔地握着我的手，"奥杰塔公主殿下，美人鱼公主，或者……吃了自己采的蘑菇的白雪公主？"

千皓辰突然对我说出这样的话，令我吃惊地瞪圆了眼睛！

"你……你怎么知道？"

皓辰的微笑突然加深，颊边的酒窝变得又深又迷人："难道你会忘记我吗？齐可夫里德、海琴王子又或者是……陪你一起煮饭的小王子？"

天啊！

这次的我嘴巴更加难以合拢了，甚至吃惊地差点把眼珠都瞪出来！

"不会……不会吧？皓辰，难道……那个人是你吗？你……齐可夫里德、海

琴王子……你和他是同一个人吗?!"我真的太太吃惊了!

皓辰扶着我的腰,在大厅中猛地旋转,我的粉红裙裾在空中滑出一道优美的弧线,他对着我,含着微笑点头。

"当然,我的小蜜桃。"

啊……啊啊啊!

天哪,不会吧,不可能吧?!皓辰……竟然和海琴王子、齐可夫里德王子还有白雪公主的小王子都是……同一个人?!

天啊,我总以为这个任性的小男生是那么淘气,总是在捉弄我……可是……可是真的,我曾经觉得王子殿下的浅蓝色的眸子和皓辰的很相像,还有一样忧郁的侧脸,一样高挺的鼻梁!而在我经历的白雪公主的童话中,王子殿下的淘气,更是和千皓辰如出一辙!

天啊,我一直期盼着温柔的王子殿下会和淘气快乐的千皓辰合二为一,没想到……没想到……这个梦想竟然成真了!

皓辰……竟然真的是童话里的小王子,而那位温柔体贴的小王子……真的是我的千皓辰!

"蜜儿,你难道忘记了吗?我曾经告诉过你的,我是一位王子,是丹麦王国的第八世安德烈王子。我的英文名字叫做 Eddy,是因为母亲去世后太伤心,而逃出了皇宫。我曾经不想再回到那个地方去,那里让我患上了严重的抑郁症,可是我在母亲的家乡遇到了你,一位美丽可爱又善良的水蜜桃。是你帮我打开了心结,是你让我和父亲和好如初。我曾经答应过你,我会回来的,所以当我和父亲办完了母亲的葬礼,我就回到这里来了。"

皓辰的声音低低地在我的耳边回响,带着令人心动的低沉的磁性。

"蜜儿,留在我的身边吧,和我永远在一起吧……我真的真的不能没有你,我真的……喜欢你。我的蜜桃公主。"

magic book

Cinderella magic book

Cinderella

♥ Cinderella magic book

magic book

Cinderella

♥ Cinderella magic book

magic book

Cinderella

❤ Cinderella magic book

magic book

Cinderella

Cinderella
magic book

magic book

Cinderella

magic book

Cinderella

大厅里的音乐声突然在这时戛然停止。

皓辰带着我旋转的脚步也突然停下。粉红色的裙摆就像是盛开的莲花般，在空中划出一道优美而迷人的弧线，而在这一刻，皓辰的嘴唇，也温柔地落在了我的唇边。

哗——

不知道为什么，刚刚还只知道吃惊的我，却在这一刻，猛然觉得自己的心就像是琉璃做成的一般，碎裂成千片万片……每一片都折射出他浅蓝色的眼睛、温暖的嘴唇……

皓辰……皓辰……

我从未奢望过你会真的变成一位王子，我只祈求你的快乐、你的平安……不管是童话也好，是梦也罢，只要你回到了我的身边，只要你能永远和我在一起……

皓辰……我的童话，我的王子，我的爱……

尾声

童话尾戒的幸福约定
Ring of fairy tale

从此以后，王子和公主就过着永远幸福快乐的日子……

等……等等！

这还不是最终的结局呢！

别忘记了，灰姑娘的马车只能留到半夜十二点，华丽的公主衣裙，也会变回破烂的衣服吧。

当当当！

十二点的钟声真的敲响了。

"啊，不好！"我顿时从千皓辰的怀抱里清醒过来，转身就从金碧辉煌的大厅向外跑。

"小桃子，你去哪里？"千皓辰跟在我的身后，也一起跑出了王宫的大厅。

"十二点了，我不能再在这里了，不然我的衣服会消失，我的马车会变成南瓜。她们都会嘲笑我的，所以我要……"我一边跑，一边朝着跟在我身后的皓辰解释道。

千皓辰大踏步地从我的身后追过来，一把拉住我的手："不会的，蜜儿！你的衣服不会消失，你的马车不会变成南瓜的。因为这不仅仅只是一个童话，因为灰姑娘的结局已经被我们两个一起更改了。你会是我的小王妃，我永远的小蜜桃！"

他拉住我的手，大声地宣布。

这个声音让我的心里充满了甜蜜，从没想到我会真的遇到一位王子，也从没想到我会在现实和童话中，与他双重相遇。我们在现实中笑闹争吵，我们在童话中相知相爱……这真的是一出绝美的童话。可是……灰姑娘的结局，真的会改变吗？

叮当！

被千皓辰拉住的我，突然觉得小手指上有什么东西掉了下来，落在高高的大理石台阶上，发出一声清脆的声音。

咦，灰姑娘丢了她的水晶鞋，那么我又掉落了什么？

我和千皓辰都愣了一下，两个人同时低头，竟然发现他送给我的那枚长着天使翅膀的银色小尾戒，掉落在我们两个人的面前。

"童话尾戒？"皓辰低头，"原来你还戴着它。"

"是啊，因为是你送给我的。"我看着那枚亮晶晶的尾戒点头。

"难怪我们会在童话里相遇了。"皓辰捡起那枚银色的小尾戒，"丹麦盛产童话作品，传说这枚尾戒就是来自神秘的童话王国——丹麦。尾戒里还住着一位伟大的童话教父，那就是令全世界的童话迷们都敬仰的童话爷爷——安徒生先生！"

"啊？安徒生爷爷？"

皓辰的话令我突然想起，那一次我在丹麦旅行时，曾经在安徒生爷爷的铜像前许愿，希望他能送我一位又温柔、又帅气的王子殿下，就像童话中的那些公主一样，永远过着幸福快乐的日子……难道……

扑！

正当我对着这枚童话尾戒大眼瞪小眼的时候，皓辰手里的尾戒突然金光一闪，那位穿着黑色大袍子，留着白头发、白眉毛、白胡子的老爷爷立刻就从戒指里跳了出来！

"喂，谁叫我？谁叫我啊谁叫我？"老爷爷一跳出来，就像个可爱的大孩子一般，四处乱看。

看到站在他面前的我们时，老爷爷立刻就把自己的眼睛笑成了一弯月牙。

"啊哈，是你们两个小鬼呀。怎么样，现在一个不再哭鼻子，一个不再天

天晕倒了吧？"老爷爷笑眯眯地对我们两个人说着。

"安爷爷……"我再一次看到传说中的童话爷爷，心里激动得不知道说什么才好了，"谢谢您。"

想了半天，才好不容易憋出这三个字来。

"谢谢您，教父。父亲曾经对我说，我们国家里有一位童话爷爷一直在守护着我们，我原来不相信，但今天我看到您，才真的相信了。谢谢您把蜜儿送到我的身边，谢谢您给我们在童话里相遇相知的机会。如果没有您，说不定现在我还没有打算回到这里……"

还是皓辰比较冷静，一口气就对童话爷爷说了这么多。而我只剩下当拨浪鼓，对他猛点头的份儿了。

老爷爷看着我们两个，笑容更加深了，他摸着自己的白胡子，笑眯眯地说道："谢我的话就不用说了，我一直留在这里的目的，就是想用童话带给每一个善良的孩子快乐和幸福。也许有人不相信这个世界上有童话，但童话其实就是每个人心中最美丽的那个梦。童话在你的心中，童话也在我的心中。好了，你们的事情我已经解决了，我也功德圆满了。从今天开始，我要离开这里，去帮助下一个孩子！这两张童话电影票送给你们当作纪念的礼物，不要忘记这几段美丽的童话哟！"

童话老爷爷把两张一模一样都打了孔的电影票递到了我们的面前。

我知道这是我曾经用过的票子，但是在那票子的上面，却不再是我一个人的名字，而是并排印上了我和千皓辰的名字。

啊，这真是最美好的纪念，纪念我们在童话中的相遇，纪念我们那些永远无法忘却的故事。

"谢谢爷爷。"我和千皓辰同时向他道谢。

老爷爷笑了起来："好啦，我要走了，你们一定要记得，要永远快乐和幸福哦！

这可是王子和公主最终的结局。我会祝福你们的。再见了，我可爱的孩子们！"

咻！

老爷爷笑眯眯地对我们说完了这句话，金光一闪，又跳回到了那枚银制的天使尾戒里。这时戒指上的天使翅膀突然像是活了一般，居然开始微微扇动着，带着那枚精致而美丽的尾戒，渐渐飞离我们的眼前……

"我们会永远在一起的吧？"我问皓辰。

"我们会永远快乐幸福的吧？"皓辰问我。

我们两个忍不住转过头来，相互对视一笑。我们紧紧地握着手，注视着那枚银光闪闪的尾戒渐渐飞远……

童话就是每个人心中，最美丽的那个梦。童话在我的心中，当然也会在你的心中。

神奇的童话尾戒已经越飞越远，下一个要飞去的，是不是就是你的手中？

（全书完）

图书在版编目（CIP）数据

Cinderella蜜桃梦恋曲/米朵拉著. —北京：中国和平出版社，
2008.8
ISBN 978-7-80201-762-7

I.C··· II.米··· III.长篇小说－中国－当代 IV.
I 247.5

中国版本图书馆CIP数据核字（2008）第131514号

Cinderella蜜桃梦恋曲
米朵拉 著

出 版 人：肖 斌
责任编辑：毛术芳
责任校对：方 木
责任印务：王 红 宋小仓

出版发行 **中国和平出版社**
社　　址：北京市西城区鼓楼西大街154号　（100009）
发 行 部：（010）84026164　　84026019（传真）
网　　址：www.hpbook.com
E -- mail：hpbook@hpbook.com
经　　销：新华书店
印　　刷：北京中科印刷有限公司

开　　本：710 mm×1000 mm　1/16
印　　张：16
字　　数：120千
版　　次：2008年8月第1版　2008年8月第1次印刷
　　　　　（版权所有　侵权必究）

ISBN 978-7-80201-762-7/G · 576　　　　　　　　定价：24.00元